もう一度キスから

火崎 勇
You Hizaki

LUNA NOVELS

Illustration

北沢きょう

CONTENTS

もう一度キスから

大杉幸成《おおすぎゆきなり》という人間の印象は、いつも微笑《ほほえ》んでいるというものだった。

それも、自分の身の置き所がないというように、少し引っ込んだところで、困ったように微笑んでいるという。

次に思うのは、細い身体と白い肌。どこか中性的な顔立ちだ。

高校の時から決まった恋人は作らず、遊び歩いていた俺が、大学で彼に目を止めたのは、そんなのが理由だったと思う。

同じゼミでの中で、大杉は目立たないヤツだった。

そして頼み事を断れないタイプの人間だった。

なので、俺は大杉に何度か代返を頼んだり、ノートを借りたりしていた。

俺もまともな神経を持ってるから、そういうことが続けば礼の一つもするべきだと思うようになる。

そこで、ある時大杉に礼だと言ってボールペンを一本、買ってやった。

「俺に?」

「ああ。ノート借りてばっかりだったからな。お前、この間インク切れたって言ってただろ?」

「…嬉しい。ありがとう、峰岸《みねぎし》」

安いボールペンを、両手で大切そうに抱き締めながら、彼は俺を見上げてにっこりと微笑《わら》った。

その時初めて、彼の顔が綺麗《きれい》だと気づいた。

細い顎《あご》、黒目がちの切れ長の目。前髪が長すぎるが、もっとちゃんとしたら、女共がうるさくなるだろうと思った。

「大杉、キレイな顔してんな」

額にかかった長い前髪をかき上げてやると、彼の白い顔がぱっと赤く染まった。

「そ…、そんなことないよ」

照れたその顔が、可愛いと思った。

「ふうん、何だったら学食でメシも奢《おご》ってやろうか？」

「え…？」

「いいじゃないか。その代わり、またノート頼むと思うし」

「そんなことしなくても、ノートなら何時《いつ》だって貸すのに」

「俺のメシじゃ嫌か？」

「そんなことない！　でも、大したことしてるわけじゃないから…」

「じゃ、一緒にメシ食うだけだったらどうだ？」

「それなら喜んで」

その日から、俺はちょくちょく大杉をメシに誘った。

遊びにも誘ったのだが、それには付いてくることはなかった。人が多いのは苦手だということだが、それがまた、俺だけを特別扱いしてるみたいで気分がいい。

友人として暫《しばら》く付き合っていると、俺は本当に大杉が俺を特別扱いしていることにも気づいた。

俺が講義のノートを借りてることを知って、他のヤツが借りに来ても、俺がいいと言うまで貸さない。

部屋へ遊びに行くと、俺の好きな料理を作って待っている。

読みたい本を差し出してくれたり、探してるものがあると言うと翌日ぐらいに「偶然見つけたんだけど」と言いながら持ってくる。

俺が女と歩いていると、切ない視線を送ってきて「峰岸はモテるね」と微笑う。

俺は純粋なゲイというわけではないが、男でもイケるんじゃないかなと考えたことはあった。

実際、高校時代にキスや触りっこぐらいだったらしたこともあった。

なので、すぐに大杉は俺に惚れてるんだとわかってしまった。

そうなると、彼の反応が楽しくて仕方なかった。

触れたり、抱きついたりしてやるだけで、赤くなったり震えたり。

名前を呼べばすぐに飛んで来る。彼の前で女を抱き寄せたり、昨夜のお相手の話をすると、懸命に作り笑いを浮かべようとする。

俺の言葉一つ、行動一つで一喜一憂《いっきいちゆう》する大杉が可愛くてわざとちょっかい出すようになった。

こいつは俺のものだ。

いつの間にかそういう感覚が生まれた。

だから、大杉が死にそうな顔で俺に告白した時は、驚くというより、ああ、やっと覚悟が決まったかと思ったぐらいだった。

ある夜。

いつものようにメシを食いに寄った大杉の部屋。

テーブルの上には、相変わらず俺の好きな料理ばかり。

大杉は、俺が手土産に持って行ってやったビールをいつもより早いピッチで飲んでいた。

アルコールはそんなに強くないと言っていたのに、何か嫌なことでもあったのかと思っていたが、そうではなかった。

反応を楽しむため、その腰に手を回すと、ピクッとして引かれる身体。

「…峰岸に、聞いて欲しいことがあるんだ」

両手で持ったビールのグラスを見つめる彼の表情は強ばっていた。

「何だよ、改まって」

触られるのが辛くなってきたか?

俺が面白がってるのを知られてしまったか?

「峰岸が、来てくれるのは凄く嬉しい。でも…、このままじゃ辛くて…」

「辛い?」

「峰岸が、俺のことなんて何とも思ってないのはわかってる。でも…」

そこまで聞いて、終《つい》に来たかと思った。

「俺が来るのが嫌ならハッキリ言えよ」

と冷たく言ったのは、答えがわかっていたから、促すためだった。そう言えば弁明《べんめい》のために早く『言うべきこと』を口にするだろうと思ったからだ。

「違うよ！」

思った通りの反応。

本当にこいつはチョロイ。

「じゃ、何だよ。ちゃんと言わないとわかんないだろ」

酔って赤かった大杉の顔は、だんだんと青白くなった。緊張のせいだろう。

「お…俺は…、峰岸が好きなんだ」

「俺だってお前のことは好きだぜ」

これは本当だ。

俺は今までにないほど、大杉という人間に固執《こしつ》していた。絶対に他人に渡したくない、この良さを教えたくないと思うほど。

「そうじゃないんだ…」

「何だよ、好きじゃないのか？」

「違う。好き。…好きだけど、俺のは普通の好きじゃなくて…」

自分の好きな相手から好きと告白されるのを待つって、楽しい。

こんな体験ができる人間はきっと数少ない。大抵は、『好かれてるか』『同じ気持ちか』と不安に包まれるばかりだろう。

でもこれは鉄板恋の告白だ。

一抹《いちまつ》の不安は、臆病《おくびょう》な大杉が逃げ出す方を選んでしまうこと、だ。それだけはさせないようにしないと。

「気になるな。お前が俺のことどう思ってるか、聞きたいよ」

水を向け、言葉を待つ。

大杉は困った顔で暫く次の言葉を口にできなかった。

だがここで焦ってはいけないこともわかるので、じっと待つ。

「俺…、峰岸のことが好き…」

「それは聞いた。で、普通じゃない好きなんだろ?」

「…一番好き」

声がだんだん小さくなる。

「へえ、嬉しいな」

まず顔を上げさせないと。

「本当?」

「ああ」

問いかけられて笑う。これで少しは安心しただろ？

「でも、多分…、峰岸の好きと俺の好きは違うと思う」

「どんなふうに？　言わなきゃわかんないぜ」

早く言えよ。

結果はいいって決まってるんだ。

だから早くしろよ。

「俺は…、峰岸に恋してるんだ…」

どんなふうに？　と訊《き》いて、もっとちゃんと言わせたいという気持ちもあった。でもこれ以上は
ぐらかすだけの余裕が、俺の方になくなった。

「つまり俺の友達じゃなくて恋人になりたいってことか？」

我慢がきかずに提示する解答。

それに飛びつけばいいのに、大杉は顔を伏せた。

「…ごめん。気持ち悪いよね…」

「別に」

「え？」

「他のヤツならちょっと引くかも知れないが、お前ならいいぞ」

信じられない、目を大きく見開いて彼がこちらを見る。うん、いい表情だ。

「大杉が俺の恋人になりたいなら、してやってもいいって言ったんだ」

「で…、でも…」

「男同士でも、大杉ならいいぜ」

飛び越え易いように、どんどんハードルを下げてやる。だから覚悟を決めろ。

「本当に？　俺が峰岸を好きでもいいの？　恋人になりたいって思ってもいいの？」

「ああ。なりたいなら、だけどな」

やっと顔を上げて俺を見た大杉は、涙目だった。

「なりたい…。峰岸が好き、恋人になりたい」

望みのセリフをゲットして、俺は心の中で笑った。

「じゃあ、今からお前は俺のもんだ。他のヤツより俺を優先して、俺の言うことを聞くんだぞ？」

「うん」

「もうこの部屋に他のヤツは入れるなよ？」

「うん」

「俺のことだけ信じてればいいから。ちゃんといいようにしてやるから」

「峰岸…」

大杉を本当に可愛いと思っていた。

もっと早く、俺から好きと言ってやってもいいと思っていた。

でも恋愛は駆け引きだ。

先に好きと言ってしまった者にペナルティがつく。

俺は優位でいたかった。俺が優位でいることが、俺達が上手くやっていくコツだと思っていた。

「いい加減、コップ置けよ」

「あ…」

奪い取ったビールのグラスをテーブルに置き、大杉の身体を抱き寄せる。

恋愛スキルの高い俺としては、随分《ずいぶん》我慢した。

間にツマミ食いをしていたとはいえ、欲しいものに手を出さずにいることは、辛かった。

「大杉」

だがもう我慢はしなくていい。

だってこれは俺のだから。

これからどう扱ったっていいのだ。

「俺も好きだぜ」

顎を取って引き寄せる顔。

戸惑う唇に唇を重ねる。

お子様コースで軽く触れただけのキスで、大杉は顔を真っ赤にした。

「嬉しい…」

その顔が、可愛いと思ったのは本当だった。

抱き寄せた震える身体が欲しいと思ったのは本当だった。

ずっと手を伸ばしたいと思っていたのが、真実だった。

「男も女も大して変わんねぇな」

でも俺は自分の本音は、口にしなかった。

どれだけ大杉が好きだったか。この時を待っていたか。絶対に教えてやらないと決めていた。

それが、俺達が上手くやるコツだと思っていたから…。


「ホテルの方は磯野《いその》さんがガッチリ押さえてくれるんでしょう?」

「ええ。培《つちか》ったノウハウってところね。衣装の方も何とかできるわよ」

「問題はメシの方なんですけど」

「それはウチのダンナが手配できると思うわ。ただある程度契約店を確保しないと、始動は難しいわね」

「最低で十店舗、上は上限ナシってところかな」

午後の喫茶店。

目の前に美女を置いての打ち合わせ。

「資金の方はどうなの？」

「ああ、大丈夫。学生時代に死ぬほど金かき集めましたからね」

ゆる巻き髪のスーツが似合う泣きボクロの美女となれば、食指《しょくし》も動くってもんだが、残念ながら目の前の女性は既婚者だった。

そして恋愛対象からは絶対に外さなければならないビジネスの相手だ。

「辞表、何時出すの？」

「磯野さんが契約レストランを十軒取ってきたら、だな。事務所に当たりはつけてるし、辞めたらすぐに起業だ」

「上手く行くかしら？」

「行くさ。昨日や今日考えたわけじゃない」

「でも事務員があと一人欲しいところよ？」

「それは大丈夫。呼べばすぐ来るヤツがいるから」

「そうなの？　そんな都合のいい…」

彼女の言葉にかかって、携帯電話が鳴る。

電話の着信表示を見た俺は、にやりと笑った。

「都合のいいヤツから電話だ。はい、もしもし?」

『峰岸?　今大丈夫?』

電話の向こうから聞こえたのは、大杉の声だった。

「ああ。今打ち合わせ中なんだけど、お前ならいいぜ」

『あ…。ごめん。このくらいの時間がいいって言ってたから…』

「用件は?」

『今日、来るのかどうか訊こうと思って』

「行くよ。メシ、作って待っててくれるんだろ?」

『うん。わかった。じゃ待ってるから』

「あ、ビールも欲しいな」

『買ってあるから大丈夫。来るの、六時くらい?』

「そのくらいかな?　ま、仕事があるからハッキリ言えないけど」

『仕事優先なのは仕方ないってわかってる。気を付けてね』

「ああ。じゃあな」

『うん、じゃあ』

電話を切ると、目の前で磯野さんはにやにやと笑っていた。

「なぁに?　彼女?」

「ま、そんなとこ」

「へぇ。峰岸くんって、結構遊んでるって聞いてたのに」

「遊んでますよ。たっぷりね」

「でも料理作って待っててくれる彼女がいるんでしょう？」

「そう。お陰でメシ代が浮く。その分コツコツ資金を貯められるってワケ」

「なぁにその言い方。都合のいい女なの？」

「まあね。それより、俺、一旦会社に戻って来るから、その後ダンナ呼んで三人で打ち合わせしない？　一杯やりながら」

彼女はちょっと驚いた顔をした。

「でも、今ご飯作って待ってろって言ってなかった？」

「ハッキリ言えないってちゃんと言ってあるから大丈夫」

「…私の彼氏だったら絶対別れるわよ、そのセリフ」

「俺のは別れないから大丈夫。それじゃ、会社出る時また電話入れるから、ダンナに宜《よろ》しく」

俺は伝票を取ると、先に立ち上がった。

予定より時間が押してしまったことを、会社にどう言い訳するかを考えながら。

仕事の話をしておきながら、何故会社に言い訳しなくてはならないか？　それは、この『仕事』が会社の業務ではないからだ。

大杉を手に入れてから三年、大学を卒業して二年。

今の俺は大手旅行代理店の営業だった。

生来の口の上手さと、遊びの知識をフルに活用し、これでも優秀な営業担当で、時には添乗員を務めることもある。

だが、俺はそんなポジションでは満足できなかった。

大口を取ってきても、所詮《しょせん》は上司の手柄。

給料に歩合《ぶあい》が加味されるといっても、微々たるもの。

入社してすぐにそれを感じてしまった俺は、自分の力で手に入れたものを自分の利益にしたいと、考えるようになった。

金が欲しいというより、評価と人間関係だ。

入社したての俺が目立つことで、色々ウルサイ先輩ってヤツもいたから。

仕事のできないヤツに、自分と合わせろ、手柄を回せと言われることにムカッ腹が立った。

どうして下に合わせなきゃならないんだ。お前等が頑張って上がってこいよ。他人の足を引っ張ってる暇があったら夜中まで働け。俺はそれをしてるから、お前達の前を行けるんだ。

しかも羨《うらや》まれてる俺は、お前達と同じところにいるのに。

羨むなら、もっと上と自分を比べればいいのに。

そして考えたのが、自分で会社を起こす、ということだった。

最初は旅行代理店をやろうかと思った。

培ったノウハウはあるから、と。

けれど、俺が知っているのはまだ一部だけ。それに大手の会社だから契約を結んでくれてる業者が殆《ほとん》どで、俺が個人で作るような旅行代理店では、相手にもされないだろう。

ツアーを組むためには、ある程度の大きなネットワークが必要になる。個人旅行では利鞘《りざや》が小さい。

そこでまず考えたのが、新婚旅行専門の旅行代理店だった。

新婚旅行には誰もが皆金をかける。

「こちらの方が思い出に残りますよ」

「これは他のカップルがやってないことですから」

そんな言葉を付けると、幾らでもオプションを望んでくれる。

だがこれはすぐにダメだと悟った。

金を使う連中は海外に向かう。

海外こそネットワークが必要な場所だった。

けれど結婚というセレモニーに対して緩《ゆる》む財布のヒモには心が残った。

そんな時、知り合ったのが磯野夫妻だった。

磯野のダンナさんは、元々レストランを経営していた。

だが借りていた店舗のオーナーが、借金で物件を手放し、彼もまたそこから追い出されることとなってしまった。

本来なら賠償金が取れるはずなのだが、相手は自己破産を申請し、結局磯野さんには開店時の借金だけが残ってしまった。

ヤケになった二人が、個人旅行を考えて俺の顧客になったのが発想の転換だった。

「レストランウエディングのお客様の予約を断った時だけは、やっぱり申し訳なくてねぇ」

レストランウエディング…。

そうか。

新婚旅行じゃなく、その前の段階、結婚式をプロデュースするのはどうだろう？

結婚式こそ、客は金をかける。それにネットワークがなくても、たった一回のイベントならばレストランやホテルもオーダーを受けてくれる。

結婚式をする絶対数は減ってはいるかも知れないが、その分式を挙げようという連中は派手にもなる。

せっかくの門出に傷を付けたくないから、クレームも少ないかも知れない。

そこで俺は仕事を失った磯野さんにそのことを持ちかけた。

ホテルに面識の出来た俺と、レストラン関係に強い磯野さん。そしてファッションに造詣《ぞうけい》の深い美人の磯野妻。

この三人でなら上手く会社を立ち上げることができるのではないか、と。

二人はすぐにこの話に乗ってきて、今は計画も最終段階に入っていた。

そして、俺が起業しようと思った理由はもう一つあった。

大杉のことだ。

大杉とは当然今も続いていた。

だが俺の仕事は時間に不規則で、出張も多い。

大杉もサラリーマンとして働いていたので、互いの時間を擦《す》り合わせることが難しい。

けれど一緒に会社をやれば、何時でもそばにいられる。

大杉なら、会社を辞めて俺のところで働けと言えば、きっとすぐに来るだろう。金がもったいないから、一緒に暮らそうと言い出すこともできる。

あいつなら、それをきっととても喜ぶだろう。

全てが決まるまで、この計画はあいつには秘密だが、絶対に喜ばせる自信はあった。

だって、今まで俺は大杉に関して一度も失敗したことがないのだから。

大学の時も、卒業して社会人になっても、俺はちゃんとあいつを繋《つな》ぎ留めていた。今も、大杉は俺に夢中だ。

大杉が俺に近づきこそすれ、離れるなんてあり得ないことだった。

学生時代からあいつが住んでるボロいアパート。

約束の六時を二時間過ぎてから訪れる部屋。

とっくに貰っていた合鍵を使ってドアを開け、その名前を呼ぶ。

「大杉」

まるでワンコのように、部屋の奥から慌《あわ》てて飛び出してきた大杉は、あからさまにほっとした顔で俺を迎える。

「いらっしゃい。遅かったね」

ずっと待ってたんだろう？

この遅れた二時間、俺のことだけ考えてたんだろう？　可愛いヤツ。

「仕事の都合で遅れるかも知れないって言っといただろ」

「…うん。でも何かあったのかもって心配で」

これがそこらの女なら、どうして約束した時間に来ないのよ、とか。遅れるなら連絡の一つもしてよ、とうるさく言うだろうが、大杉は違う。

「疲れたでしょう。お茶でも飲む？　それともご飯食べる？」

俺のスーツを甲斐甲斐しく脱がせながらこのセリフだ。

「メシにする。腹減ってるから」

「今日、峰岸の好きなショウガ焼きだよ」

社会人になって、少しあか抜けてしまったが、性格は相変わらず控えめで、何よりも俺を優先させてくれている。

「あ…」

俺のスーツをハンガーに掛けながら、大杉は小さく声を漏らした。

「ん？　何だ？」

「…ううん、何でもない」

彼が顔を曇らせた理由は察していた。

俺のスーツから女物の香水の匂いがするからだ。そうだろう？

でもお前はそれを指摘できないんだよな？

自分でも、趣味が悪いと思うが、大杉を困らせたり不安がらせたりするのが好きだった。

もう認めてもいいと思うくらい、俺が大杉にゾッコンだったから。

自分と離れている間、大杉が他のヤツと親しくしたり、俺以外の人間のことを考えてるのでは、と思うだけで軽く嫉妬してしまうほど。

だから、こいつを振り回すのだ。

俺のことばかり考えるように。

大杉も、自分と同じように、離れている時には俺のことだけ考えてしまうように、と。

今、お前は遅れた二時間で俺が女と会ってたんじゃないかと、考えただろう？　匂いが移るほど女の側にいたんじゃないかと不安だろう？

もっと一緒に居られればいいのにって思ってるだろう？

半分は事実だ。

今日、仕事終わりに来た女子大生の客は積極的で、今度一緒に飲みに行きませんかと誘われていたのだ。

でもやり過ぎや、本当の不安は抱かせない。

大杉は元々俺がノンケだと思ってるから、簡単に身を引いてしまいそうだから。

「ああ、そうだ。スーツに香水の匂いついてないか？」

「え？」

「客のオバサンにベタベタされて困ってたんだ。どうして女ってのはああ、香水を振りかけるかね。他人にマーキングでもしたいのかってほどだった」

オバサン、と聞いて大杉の顔がほっとする。

「そうなんだ。大変だったね。後で消臭しとくよ」

「ああ、頼む」

食事の支度をする大杉を軽く抱き寄せ、首筋の匂いを嗅《か》ぐ。

「峰岸」

「やっぱり香水の匂いより、風呂上がりの匂いのがいいな。お前、もう風呂使ったのか？」

「…来るのが遅かったから」

ほんのりと頬《ほお》を染める、なんて今時の女には期待してない。

でも大杉ならばそうなるだろうと思っていた。

「今夜は泊まってくから、俺も後で風呂使わせてもらうか」

「あ、じゃあ着替え出しとこうか？」

「いや、それより今は先にすることがあるから」

「ご飯だよね？　今温めるから待ってて」

立ち上がろうとした大杉の手を取って隣に座らせる。

「峰岸？」

「メシより先にしよう」

「でもお腹空いてるんじゃ…」

「まだ我慢できる程度さ。それよりこっちのが我慢できない」

もうスエットに着替えていた大杉の身体を組み敷いて、シャツの裾《すそ》から手を差し込む。

「…あ」

風呂上がりの柔らかな肌は、男も女も関係なく、俺の好きな大杉の肌だ。

「皺《しわ》になる…」

「スエットが？」

「違う。峰岸のシャツが…」

「着替えが置いてあるからいいだろ」

膨《ふく》らみのない胸に触れると、俺の下で大杉の身体が震えた。

相変わらず敏感で美味《うま》そうな反応だ。

「俺に触られるのが嫌なら、我慢するけど？」

「…そんなことない」

「じゃ、おとなしくしてろ」

キスして、一気にスエットを捲《めく》り上げる。

「あ」

小さな声が恥じらいで漏れる。

もう何度も抱き合ったのに、未だにこういう反応を見せるところが堪《たま》らない。

「大杉」

耳元で名前を呼ぶだけで、また身体が震える。

「やっぱりお前『のが』いいな」

俺のその一言で身体が硬くなる。

今、『のが』ってことは誰かと比べてる？　って思っただろう。

「お前が一番だ」

素直にそう言えばいいんだろうが、どうしても気恥ずかしくて口に出せないから、そうやって悪い棘《とげ》を隠しながらしか甘い言葉は囁《ささや》かない。

「…ん」

自分だけのものじゃないかも知れない。そんな不安がお前を柔順にさせる。他の人より自分を選んで欲しいと願うから、俺に逆らわない。

飽きられるのが怖いだろう?

捨てられるのが怖いだろう?

だからお前はずっと俺を好きでいてくれる。

これが上手くやるコツなんだ。

「好きだ」

胸に舌を這《は》わせ、お前の欲しい言葉をくれてやる。

不安を植え付けるのは一つでいい。

あまりやり過ぎてはダメだ。

だからここからはお前だけのものだと教えてやるよ。

「腹、減ってたのに。やっぱりお前の方がメシより大事だな」

傷一つない白い肌に、赤い痕《あと》を残して、全身を堪能する。

縦長の可愛いヘソにもキスして、下に手を掛ける。

「や…、峰岸…っ」

もうその気になっていた大杉のモノを引っ張り出して、口に含んで、いやらしい音を立てる。

最初は多少の抵抗もあったが、今ではそこを舐《な》めることが一番お前を煽《あお》るとわかっているから、一番面白い場所だ。

まだ俺が服も脱いでいないのに、硬くしてしまう自分が恥ずかしいだろう？

声を上げたいほどなのに、安アパートで隣に声が漏れるのが怖いからじっと耐えなければならないのが辛いだろう？

そうやって、我慢するお前が可愛い。

「ん…っ」

大杉の手が、遠慮がちに俺のシャツを握る。

抱き付いてもいいのに、シャツの中身である俺に指を立てたりしないように、ただ布だけを強く握り締める。

「あ…」

堪《こら》えきれず、切れ切れに漏れる喘ぎ。

「…は…っ、や…」

だんだんとトーンが上がり、息遣いも荒くなる。

「挿入《い》れてもいいか？」

「あ…したも…会社が…」

「挿入れたい」

「でも…」

「お前だって、その気になってんだろ？」

言いながら、奥の入口に指で触れる。

柔らかい肉襞がきゅっと窄《すぼ》まる。

だが拒むようなその頑《かたく》なな場所に、無理に指を入れると、内側は濡れて、吸い付くように巻き付いてくる。

指を動かさなくても、呼吸に合わせてそこが動くから、俺も反応した。

だがまだだ。

挿入れて、満足するだけなら遊び相手の女共でもいい。

俺が大杉を抱くのは、自分の欲求を捌《は》かすためだけではない。

大杉を見て、大杉を堪能するためだ。

身体を起こし、指を咥《くわ》えさせたまま、その顔を覗《のぞ》き込む。

「や…っ」

大杉は恥ずかしそうに顔を逸《そ》らせた。

「何だよ」

「…見ないで…」

「どうして?」

「だって…みっともない顔してるから…」

「可愛いぜ」

「本当…?」

「ああ」

上気した頬。

潤《うる》んだ瞳。

少し緩んだ口元が色っぽい。

中に残した指を少し動かすだけで、痙攣《けいれん》するように身体を震わせる。

肘《ひじ》をついて身体を支え、もう一方の手で乳首を弄《いじ》る。

「ん…っ」

見られてるから声を上げたくないというように、口元が引き結ばれ、喉《のど》の奥を鳴らす。

肉芽のような乳首を強すぎず、弱すぎず、適度な力で弄り回している間に、そこが硬くなる。

さっき舐めてやってからほったらかしにしていた下が、頭をもたげたまま俺のシャツを濡らす。

それがわかって、腹を動かしてシャツの感触をそこに擦《こす》り付ける。

「あ…」

終に我慢しきれなくなって、大杉は唇を開いた。

「や…、峰岸…っ」

「ん？」

「だめ…っ」

ねだるように甘く響く声。

これが好きだ。

「欲しいか？」

「峰岸…」

はっきりと『挿入れて』と言わないところがまたいい。

「しようがねぇな。脚、開けよ」

「指…、抜いて…っ…」

「これ？」

「あ…っ！」

確かめるように中で大きく動かすと、高い声が上がる。

それを恥じて、また顔が染まる。

「今抜くよ。我慢できなくなったからな」

言われた通りにしてやる、というフリでゆっくりと指を引き抜く。

最後に吐き出すように指が出ると、彼はほっとしたような顔をした。

けれど俺が身体を起こし、ゆっくりとシャツを脱いでいると、あられもない格好で待っている自分が恥ずかしくなってきたのか、脚を閉じようとする。

だがそこに俺が座っているからそれも出来ない。

膝を立て、脚を開き、勃起させたままの自分のモノを隠そうと捲られていたシャツを引っ張って戻す。

それで恥ずかしさは隠せても、身体の中で呼び起こされた欲はごまかすことはできないだろう。

ゆっくりと、ローションを取りに行き、それを手にしてもう一度触れてやる。

焦らされた身体は敏感で、泣きそうな顔が悦《よろこ》びに崩れる。

しかし遊びもここまでだった。

ローションのせいで、より大きくなる卑猥《ひわい》な音に、俺が我慢できなくなったのだ。

前を開け、大きくなった自分のモノを取り出してローションを塗り付ける。

さっき指で味わった場所にそれを押し付ける。

穴が女より後ろにあるから、脚を持ち上げないと上手く行かないのがもどかしい。

だからバックからやるヤツが多いんだろうが、俺はどうしても大杉の顔が見ていたかった。

痛みにしかめる眉。

俺に合わせようと息を整え、浅く呼吸を繰り返す。

その間にも、俺の愛撫に感じてふわっと蕩《とろ》けるような表情になる。

痛みを与えないようにゆっくりと身体を進め、ある程度呑《の》み込ませたところで、腰を揺する。

「あ…、あ…」

揺れに合わせて漏れる声。

大杉の手が、俺の身体を求めた。

手を握ってやると、溯《さかのぼ》るように指を腕に這わせ、強く掴む。

「や…っ」

彼の中で、何かが切れた証拠だ。

それを確認して、俺は一気に貫いた。

「あ…っ！」

身体を折って近づけ、その細い身体を抱く。

女よりも肉の少ない身体は骨が折れるのではないかと思うほど華奢《きゃしゃ》に感じた。

折れるなら折れてもいい。そう思って強く抱き、深く埋め込む。けれど、大杉は男だから、どんなふうに扱っても大丈夫だとわかっていた。

大杉は弱い、けれど強い。

俺の意地悪に負けず、ずっと付いて来られるほど強い。

だから、どんなふうに扱ってもいいのだ。これは俺のものなんだし。

「大杉…。いいぜ…」

突き上げながら、彼の頬に触れる。

「ぁ…、や…」

熱い頬。

それよりも熱い彼の内側。

「もっと締めろよ」

「いや…」

「できるから」

「ん…っ」

こんな状態でも言われた通りにする彼が可愛い。

前に触れ、先にイクように促してやると、あっという間に射精した。

「…あ……」

萎えて、力を抜くその身体を更に責めて、残滓《ざんし》の痙攣に酔っている身体に自分も放つ。

「…っ」

抜かないまま彼の上に倒れ込み、その汗ばんだ前髪を撫でてやると、俺を捕らえていた指が、ぽとりと落ちた。

「先に風呂にしていいか?」

「…ん」

「ここの風呂が小さくて一緒に入れないのが残念だな」

と言うと、照れた顔で小さく呟《つぶや》く声が聞こえた。

「…ばか」

可愛がっていた。

大切にしていた。

俺にとっての恋人は、大杉一人だった。

それだけは、真実だった。


何もかもが、順風満帆《じゅんぷうまんぱん》の人生だった。

新しい会社のことも順調で、恋人は可愛い。

後は会社の登記だの何だの、面倒なことは残っていたが、それだって自分なら上手くやれるだろうと安心していた。

ちょっとしたツマミ食いは直らなかったが、それが大杉を引き寄せることになるのだと思うと、罪悪感はない。

疑われて、傷付いた顔をするようになったら、プレゼントを買ってやったり、デートしてやったりと、ちゃんとフォローもしていたし。

「昨日、野田《のだ》が峰岸のこと見かけたって」

「俺を？　声かけられなかったぞ？」

「ん…。綺麗な女の人と歩いてたって言ってた。だから声掛けなかったって」

なんてしっぽを掴まれそうになっても、俺は平気で嘘がつけた。

「客だろ。最近は女の方が旅行に行く連中が多いからな」

「でも、街中ですれ違ったって」

「お客が忙しい人だと、相手の仕事先に行って打ち合わせするってこともあるからな。その時じゃないか？」

俺が否定すれば、大杉はそれ以上は追及しない。

信頼してるからだ。

信頼の欠けた部分は愛情で補ってるからだ。

でも、それもあと少しのことだった。

これで仕事が上手く行けば、『一緒に暮らそう』と言ってやれる。

同居してしまえば、俺も遊び回ることはできないし、大杉も安心するだろう。

言ってしまえば、それまでの自由ってことだから、俺はいつもより少しだけ遊びの時間を増やしてはいたのだけれど…。

でも、その日大杉から電話が入った時に一緒にいたのは遊び相手ではなかった。

例の、ブライダルプランナーの会社の件で、結婚雑誌の編集や、貸衣装等を扱う女性陣を、磯野さんから紹介されている席だった。

ここで彼女達の心象を良くして、上手く繋ぎが取れれば、いいスタートダッシュができるという席だった。

「峰岸さん、電話鳴ってますよ」

同席していた女の子に指摘されて携帯をチェックする。

相手は大杉だった。

今日はもうこれで三回目だった。

今までは仕事優先で無視していたけれど、流石《さすが》に一度は出ないとマズイか。

「悪い、ちょっと失礼」

そう思って電話に出た。

「はい？」

『…峰岸？』

「何だよ、今仕事中なんだぞ」

『ごめん…』

「話があるなら、後で聞くから、切っていいな」

そう言った途端、近くにいた女性が声を掛けてきた。

「峰岸くん、彼女？」

年上の女共がこの手の話題に首を突っ込んで来ると、からかいのネタにされるので、即座に否定する。

「違うよ、男」

嘘ではないから、大杉に聞こえても気にしなかった。

『…女の人と一緒なの？』

だが女達に言い訳する姿は見せたくなくて、わざと軽口を叩いた。

「ああ。今、美女に囲まれていい感じなんだ。忙しいから切るぞ」

大杉なら、後でいくらでもフォローがきくという安心感があったから。

『でも…』

珍しく、大杉は食い下がった。

「何だよ。仕事の邪魔はすんなって言ってるだろ」

だがこの忙しい時に、しかもギャラリーがいるところで、反応してやることはできない。冷たく突き放すと、彼はやっと引き下がった。

『わかった…。ごめん』

「後でお前から電話してこいよ。まだ暫く忙しいから」

『うん…』

それだけ言って電話を切ると、女達はにやにやと笑っていた。

「男だなんて言って、やっぱり彼女だったんでしょう？」

「違いますよ」

「ホント？　だったらこの後、まだ平気？」

「いくらでも。その代わり、仕事の話はちゃんとさせてもらいますけどね」

「峰岸くんみたいなハンサムが相手だったら、年下でも嬉しいわよねぇ」

大杉の慎ましやかな姿に見慣れている俺としては、遠慮会釈《えんりょえしゃく》のない年上の女達の態度は、浮気の食指の動かしようもない。

けれど、今ので、きっとまた大杉は不安に思ってるだろう。

後で電話がかかって来たら、『からかわれるのが嫌だったんだよ』と言ってやろう。

仕事のことはまだ秘密だが、声は若作りだったけど、オバサンばっかりだったんだぜと。

また何か買ってやろうか？

あいつは何をやっても喜ぶから。

ペアカップみたいなベタなもんでもやったらどうするだろう？　きっとはにかんで、嬉しいって言うだろうな。

「峰岸くんの考えってまだまだ私達からすると甘いのよねぇ」

などと、上から目線で言う女共と違って。

「はい、はい。じゃ、ご意見拝聴させていただきますよ、とことんね」

いつものこと。

特別に冷たくしたわけでもないし、特別に泣きつかれたわけでもない。

だがこれが俺の大きな失態だった。

夜遅くまで女達に付き合わされて飲みに回り、流石に女と一緒だったと知られた後に酒の匂いをさせて大杉の部屋へ行くのは可哀想かと、そのまま戻った自分のアパート。

大杉から電話が入ってるかと、ちゃんと履歴をチェックしたのだが、彼からの着信はなかった。

大した用事じゃなかったのだろうと、その日はそのまま眠りにつき、再び彼から電話がかかってきたら考えようと思っていた。

だが大杉の電話より先にかかって来たのは、磯野ダンナからの電話だった。

『エリシアホテルが、ブライダル部門を切り離すらしいんだけど、そこの下請けやってみる気、あるかな？』

ホテルのブライダル部門の下請け。

それが取れれば、会社を立ち上げても仕事が一つも入って来ないという心配から逃れられる。

もちろん、俺は即答で引き受けると返事をした。

『じゃ、今夜、ホテルの人と会えるかい？』

「大丈夫です。必ず行きます」

そのことで、俺の頭は仕事でいっぱいになった。

大杉のことは電話がかかって来てからでいい。あいつなら、何時でもどうとでもなる。

それから三日間、俺は毎日会社の仕事が終わると、磯野ダンナと一緒にホテルの人間と打ち合わせという日々が続いた。

その間、はっきり言って大杉のことは頭から消えていた。

結果が出れば、あいつも喜ぶ。

だから後回しでもいい。

けれど四日目になって、ホテルとの交渉が一段落つくと、携帯の着信履歴に大杉の名前が一つもないことが気になった。

「…拗《す》ねてんのか？」

俺が女と一緒にいたから、後回しにしたから、珍しく怒ったのだろうか？

俺が折れるのを待ってるんだろうか？

「ナマイキ」

こんな小細工をするタイプだと思っていなかったが、あいつも少し頭を使うようになったか。

「いいぜ。根比べだな」

以前にも、一度だけこういうことがあった。

けれど結局大杉から『会いたい』と電話がかかって来たのだ。

きっと今回も同じ結果だ。

あいつが『会いたい』って電話をしてきたら『連絡ないから心配してたんだぜ』と言って、すぐに駆けつけてやろう。

だが…。

四日が五日、五日が六日になっても、大杉からの電話はなかった。

仕事中も、アパートに戻っても、携帯を開いてチェックしているのに、着信履歴にあいつの名前が出て来ない。

流石に心配になってこっちから電話をしてみたが、『ただ今電波の届かないところにいるか…』というアナウンスが響くだけだった。

しょうがないな。

今回は俺が折れてみるか。

それで付け上がるようなヤツじゃないし、一度くらいいいだろう。

そう思って金曜日の夜、手土産のケーキを持って大杉のアパートへ向かった。

「…え?」

だが、彼の部屋は真っ暗だった。

「出掛けてんのか?」

そう思って合鍵を使って入ると、更に驚いた。

「何だ……？」

がらんとした部屋。

家具の一つも残っていない。

明かりを点《つ》けると、それが目の錯覚でも何でもないことが現実として突き付けられた。

大杉がいない。それどころか何一つ人が住んでいる気配がない。

テレビも、テーブルも、タンスもない。食器棚もなければコップの一つもない。剥《む》き出しの焼けた畳の上には家具の跡は残っていたが、そこに置かれていたはずの荷物は本当に何一つ残っていなかった。

「どういうことだ？」

押し入れの中も空っぽ、カーテンも外されている。

引っ越している…。そうとしか思えない状況だった。

だが何故？

俺はすぐに隣の部屋をノックした。

隣の部屋には、一人暮らしのおばあちゃんが住んでいた。

彼女の耳が少し遠いのを知っていたから、俺はこの部屋であいつを抱けたのだ。そして『いい人』を演じるため、俺が足繁《あしげ》くここに通うことに違和感を持たれないため、何度か菓子や果物をお

配りものとしてあげていた。

「あら、あんた大杉くんのお友達の…」

でも名前までは覚えて貰っていなかった。

「あの…、大杉のヤツ引っ越したんですか？」

皺々の小さな老女は、こっくりと頷《うなず》いた。

「知らなかったのかい？　ご両親が事故で亡くなったって」

「…え？」

「一週間ぐらい前に突然でねぇ。昨日引っ越してったのよ」

一週間前…。

『でも…』

耳元で、大杉の声が響く。

か細い、震える声が。

「事故って、交通事故ですか？」

「さあねぇ。私もそんなに詳しく聞いてたわけじゃないから。でも一度田舎に戻って、帰ってきてからは顔色悪くてねぇ。まあ親が死んでピンピンしてる子なんていないけど」

心臓が、身体の真ん中でバクバクと音を立てる。

「ほら、あの子、元々細い子だったでしょう。だから心配で。持って帰るのが大変だからって、おばあちゃんに電子レンジとか、洗濯機の新しいのくれたんだよ」

田舎…。

大杉の田舎ってどこだ？

「前のやつを捨てるのまでやってくれてねえ。最近は何かを捨てるったってお金を取られるでしょう？　そういえばこの間テレビ買った時なんか…」

「あの…、ありがとうございました。俺、連絡取ってみますから」

まだまだ続きそうな老人の話を断ち切って頭を下げる。

「これ、どうぞ。つまらないものですが」

「そうかい？　じゃ、大杉くんにも、元気でやるように言ってね」

大杉のために買ってきてやったケーキをおばあちゃんに押し付けると、俺はすぐにその場を離れた。

でも、どこへ行けばいい？

俺は、大杉の田舎なんて知らなかった。

「…クソッ」

携帯を取り出して、大杉に電話を入れる。

謝らなきゃ。

そんな大変なことが起きてるなんて知らなかったんだ。今回ばかりは、本当に悪かった。

会いたければ、その田舎が北海道《ほっかいどう》だって、沖縄《おきなわ》だって、飛んでってやるから。

けれど、ほんの数日前には『ただ今電話に出られない…』とアナウンスした声は、『この番号は現在使われておりません』に変わっていた。

「何でだよ！」

切って、もう一度かけ直す。

『この番号は、現在…』

もう一度。

『この番号は…』

もう一度。

「大杉！」

何度も何度も、同じメッセージの頭のところで切ってはコール音が鳴るのを祈ってリダイヤルボタンを押す。

「出ろよ！」

だが、何度かけても同じだった。

俺の電話は、大杉には繋がらなかった。

…目の前に、古い白壁が立ち塞《ふさ》がってるような気分だった。

旧家の土蔵みたいな、白い漆喰《しっくい》の壁だ。

厚くて音を通さず、その向こうを透かし見ることもできない。そのくせ、塗料は剥《は》げて、パリパリと薄皮のように捲れて落ちる。

叩いても、壊すことができないだろう。爪を立てても、塗膜《とまく》が爪に入り込むだけ。そんななす術のない気分だった。

「お前…、俺が好きなんだろ？　惚れてるんだろ？　だったら留守電に吹き込むぐらいしろよ」

それでも、自宅に向かって歩いているうちに、落ち着いて来ると、いくらか楽天的な考えも湧いてきた。

何があったのかはわからないが、親の事故であいつもテンパッてるに違いない。

だからきっと、落ち着いたら連絡が来るだろう。

あいつなら、きっとそうするはずだ。

峰岸に迷惑かけちゃいけないと思って連絡しなかったんだとか何とか言いながら、これからどうしようって相談して来るかも知れない。

そうしたら、その時こそ、一緒に暮らそうと言えばいい。

そうだ、それがいい。

待たされるのは嫌いだが、相手が大杉なら待ったっていい。今回は特別な事情があったんだから仕方ない。

それに、俺が聞き流したとはいえ、あいつはちゃんと俺に一番に連絡をくれたんだ。もう一度電話ぐらいしてくれる。

絶対だ。

大杉はいつも、俺を待ってる。

「大杉…」

俺が振り向いて、あいつの名前を呼ぶのを待ってる。そんなヤツなんだから…。


だが、大杉からの連絡は、その後一度もなかった。

携帯の電源はいつもオン。どこにいても、何をしていても、着信が鳴ればすぐに出た。

でも相手はいつもあいつ以外の人間だった。

ただ待つだけの日々が苦しくなる前に、俺だって動いた。

まず大学時代に大杉と親しかった人間と連絡を取った。

だが、俺があいつを自分だけのものにするために、遠ざけさせていたせいか、大杉の居所どころか、みんな引っ越したことすら知らなかった。

「お前が一番仲がよかっただろ」

という言葉が、胸に痛かった。

次にあいつの勤めていた会社に行った。

「大学の友人なんですけど、親御さんが亡くなったって聞いて…」

と言うと、ここでやっと大杉の実家の住所を手に入れることができた。

だが大杉が会社を辞めていたことは知らなかった。

「真面目でいい子だったからね。もし戻って来る気があるなら連絡してくれって伝えておいて」

人の好《よ》さそうな上司の言葉を受け、俺はその週末、すぐにその住所を訪ねた。

大杉の実家は、北海道でも沖縄でもなく、千葉県《ちばけん》の新興住宅地の一角『だった』。

「大杉さんでしょう？　もう引っ越しなさったわよ」

教えられた番地には、『売家』の看板が貼られた小さな家が一軒建っているだけだった。

「お父様がN市で小さい工場をやってたんだけど、借金があったらしくてね。工場の方もお家の方も手放すことになったらしいわ」

葬儀の匂いも残っていない。

彼がいた形跡もない。

「それで、息子さんがどこへ行ったか…」

隣人の主婦は浮かない顔で首を振った。

「さあねぇ。お香典も返済に当てるんじゃないかって話だったから」

彼女に因《よ》ると、大杉の家はありがちな町工場で、自転車操業。それでも会社が動いている間はよかったが、働く者がいなくなればそれで終わりだった。

まだ新米のサラリーマンでしかない大杉に借金の返済能力はなく、持ってるものを全部売り払って姿を消したらしい。

ご両親は交通事故で、夫婦で外食に出掛けた時、歩行者を巻き込んでの事故を起こしたらしい。

車に乗っていた大杉の両親が亡くなったのだから、巻き込まれた歩行者が無事なわけがなく、亡くなっていた。

車と歩行者では、事故の責任は車に回ってくる。

その賠償金も支払うべきは大杉だった。

両親も、家も、平穏な生活も、大杉は一気に失くしてしまったのだ。

胸が…、軋《きし》むように痛んだ。

どうして、俺はあの時電話を切ってしまったのだろう。

あいつが珍しく『でも…』と食い下がったのに。

ほんの一言『何かあったのか?』と訊いてやるだけでよかったのに。ほんの数分、彼を優先させるだけでよかったのに。

悲しい知らせが届いた時、きっと大杉は泣いただろう。

泣きながら、俺を求めたに違いないのに。

その時は、金のことも知らなかったに違いない。だから俺を求めたのだ。

けれど、自分に背負わなければならない負債があると知ったから、俺を求めるのを止めてしまったのだ。

大杉はそういうヤツだった。

迷惑をかけたくない。

そう思ってくれたのだろう。

そんなもの、幾らだって一緒に背負ってやったのに。

俺がどこへ行っても、何をしても、振り向くとあいつがいた。

ほっそりとした身体。中性的で整った顔。けれどどこか野暮《やぼ》ったい格好で、後ろに控えているような奥ゆかしさがあった。

目が合うと、小首を傾《かし》げて、どこか寂しげに微笑う。

更にじっと見つめていると、長い睫毛《まつげ》が震えるように瞬《またた》き、困ったように頬を染める。

腕の中に置けば、甘く喘ぎ、いつまで経っても物慣れない様子で恥じらい、俺の名前を呼んでくれた。

好きだった。

愛していた。

どこへも行かないと思っていたから、安心していた。

あいつは絶対俺を嫌いにはならないと思っていたから、不安すら抱かなかった。

まさか、大杉や俺の意思を無視した出来事が、俺達を引き離すなんて、夢にも考えなかった。

だがこれが現実だった。

大杉は完全に俺の目の前から姿を消し、二度と戻らないということが、否応なく突き付けられた現実だった。


深い眠りの中、電話の音がする。

その瞬間、俺は覚醒し、枕元の電話を取った。

「はい」

『社長？　朝早くすみません。起きてました？』

受話器の向こうから聞こえてきたのは『あいつ』ではない声。

「…何だ、有田《ありた》か…。寝てた」

そうとわかると、一旦蹴散らした眠気がまた覆いかぶさる。

『相変わらずどんなに熟睡してても電話で起きるんですね。ありがたい』

「うるせえな、用件あるから電話して来たんだろ。何だ？」

『ロマーバ・ドレスから、契約ＯＫ取りました。で、今日中に一度お話をって言うんですけど』

「洋子《ようこ》いるだろ」

『それが、昨日の夜遅くに子供さんが熱出したとかで、今ダンナさんと一緒に病院だそうです』

「…仕方ねえな。藤掛《ふじかけ》に行かせろ。まだ契約はすんなって言っとけ。話だけだってな」

『はい、わかりました。午後には会社来ますか？』

「ああ」

『じゃ、またその時に』

電話を切り、ゆっくりと身体を起こし、ベッドから降りる。

枕元の時計は、まだ朝の八時を示していた。俺にしては早すぎる時間だ。だが起き上がってしまったら、空腹を感じた。

「チッ…、仕方ねえ、起きるか」

広いベッドルームを出て、リビングを抜け、バスルームへ向かう。

いざという時の担保物件になるかもと思って買ったマンションは、一人暮らしには広すぎる４ＬＤＫ。

だが、幸いなことにこれを担保に入れるようなことは起きず、それどころか組んだローンは繰り上げ返済して完済だ。

「俺も来年三十か…」

鏡に映った自分の顔を見て、俺は呟いた。

あの頃、まだ意気揚々《いきようよう》としていた青年は、それなりに年を取り、骨太の男の顔になった。会社勤めのために短くしていた髪は少し伸び、頬の骨が少し出て、元から彫りの深い顔だという自覚はあったが、よりはっきりとした顔立ちになった。

女に言わせると、どこか東欧的な顔立ち、だそうだ。

不精髭《ぶしょうひげ》があると、少しオッサン臭いが、身なりを整えれば新進気鋭の社長様だ。

「偉くなったもんだぜ」

大杉を失ってから、もう五年も経っている。

それは会社を辞め、今の『ローズキングダム』を立ち上げてから五年、ということだ。

あの時は、磯野夫妻だけが俺の手駒だった。

だが今や、従業員十二人の立派なブライダルプランニング会社だ。

豪華なマンションに住み、立派な肩書きを持ち、金回りはよく、女を切らしたことのない生活。

だが俺は一人だった。

いや、一人だからこそ、この生活を手に入れられたのかも知れない。

あれからずっと、俺は大杉からの電話を待っていた。

金儲《もう》けのヘタなあいつが、いつか俺に泣きついてくるのではないかと思って、いくら金を無心されても困らないだけ稼いでおこうと決めたのだ。

行く当てがないのなら、俺のところへ来いと言ってやるために、引っ越す度にあいつの居場所を作って待っていた。

このマンションにも、大杉の部屋がある。

だが、未だにあいつからは何の連絡もなかった。

携帯の番号を変えず、着信音が鳴れば、家の電話だろうと、会社の電話だろうと、携帯だろうと、一番に出るようになったのに、それらしい無言電話すらない。

五年だ。

人が何かを忘れるには十分な時間だった。

だが俺は忘れられなかった。

俺が忘れないのだから、あいつだって忘れていないはずだ。そう思って、ずっと待っていた。

「ふ…、あいつももうオッサンかもな」

俺の記憶の中では、いつまでも若い大杉の、儚《はかな》い笑顔だけが脳裏に焼き付いている。

どうして、こんなにも忘れ難いのか。

自分がしでかしたことへの後悔かも知れない。だがそれよりも、他に何人もの女と付き合っても、あいつ以上に欲しいと思える相手が見つからなかったからだろう。

時には、男と付き合いもした。

だが男だから、女だからは関係ない。

ただ大杉しか欲しくなかった。

シャワーから出て、髭を剃《そ》り、服に着替えて冷蔵庫を漁《あさ》る。

料理なぞしない自分の冷蔵庫の中には、インスタントのメシしか入っていないから、それを温めて取り敢えず胃袋に流し込む。

そしてまた、あいつのメシは美味かったと思い出して舌打ちする。

自分が、こんなに女々しい性格だと思わなかった。

こんなに惚れていたとも思わなかった。

もっと早くに忘れられると思っていたのに。

パソコンを立ち上げ、仕事のメールをチェックしながら一服つけてると、携帯が鳴った。

「はい」

相手を確認するのももどかしく応対すると、相手は磯野だった。

『もしもし、峰岸?』

「よう、磯野。博紀《ひろき》が熱出したって?」

あの頃、磯野さんと呼んでいた年上の人も、今では単なる部下として呼び捨てる。

「洋子かどっちか会社に顔出してくれよ」

奥さんの方も、洋子と名前呼びだ。

だがこの五年ではっきりとした上下関係が出来たので、異論は唱えられなかった。

『それで電話したんだよ。どっちが必要かと思ってね』

「ロマーバ・ドレスがレンタルの契約してくれそうなんで、洋子のがいいな。そっちのカタがついたら戻してやるから」

『わかった。じゃあ洋子だけ、今から会社に行かせるよ。俺は今日は休みってことでいいかな？』

「在宅ならできんだろ？　ケーキデザインのチェックだけしといてくれ」

『わかった。峰岸はどうする？』

「夕方には会社に顔出すが、夜は接待だ。もう飲むのが仕事だな」

『ハンサムな独身社長だから、みんな仕事を理由に君と飲みたいのさ』

「俺はもう食傷気味だ」

『贅沢《ぜいたく》だなあ』

電話の向こうで磯野は笑ったが、それは本音だった。

肩書きと金が出来てから、寄って来る者が増えて面倒なくらいだ。

「俺も磯野みたいにシアワセな家庭を築きたいよ」

『またまた。遊びまくってるクセに』

「そりゃ男だから。来る者は拒まずさ。じゃ、洋子の方頼んだぞ」

『ああ』

電話を切って、またパソコンの画面に視線を戻す。

「…っと、どこまで見たっけ」

マウスをいじって、カーソルを動かして、クリックして、リピートして、検索して。

パソコンは簡単だ。

知りたい答えを簡単に出すことができる。

でもこの電脳の箱の中にも、『あいつ』はいない。名前を打ち込んで、クリックして、パッと今の居場所がわかればいいのに。

一度だけ実行してみたら、見も知らない人間のプロフィールやら噂やらが、無秩序に現れただけだった。

ご丁寧にも、俺はそれを途中までチェックして、アホらしくなって止めた。

借金背負ってひっそりと暮らしてるヤツがネットの検索に引っ掛かるわけがない。

男だから来る者拒まずじゃない。

煩わしいと思っている連中を相手にするのは、ただ喪失感を埋めるためだ。

代償行為ってヤツだ。『それ』でなければ何でも一緒だけれど、無いよりマシという。

絶対に忘れないと思っていた大杉の身体を、あの熱を、忘れてしまいそうになるのが怖かった。

誰でもいいから誰かを抱いて、あいつとの違いを感じて、無理に思い出そうとしていた。

女の身体を見て、考えてしまう。

あいつは肌がもっと白い、胸がない、チンコが付いてる、骨張ってる。でも華奢で、力強くて、遠慮深くて、健気で、恥ずかしがり屋で…。

そんなことを考えながらセックスしているのだから、決まった相手などできるわけがなかった。

「あ、チクショウ。ここんとこ予算のケタ間違えてるじゃねぇか」

相手のいない俺が、他人の結婚をプロデュースする。

考えてみればおかしな話だ。

けれどその茶番のような毎日が、きっとこれからも続くのだ。

いつか、あいつが見つかるまで。

いつか、あいつの代わりになれる人間が見つかるまで…。


「目黒《めぐろ》にあるアールデコのフレンチレストランなんですけど、本当に雰囲気がいいんですよ」

小さな事務所から始めた『ローズキングダム』も、今では都心の一等地に洒落《しゃれ》たガラス張りの店を構えている。

「店はOK出してるのか?」

お客様カウンターは、さながらサロン。

明るい日差しと、シックな家具。

愛想のいいプランナーが、にこやかにお迎えする。

「会場としては受けたこともあるので問題はないんですが、人数が…」

だが奥にある社長室は、ただの事務所だった。

「足りないのか、多いのか」

コーヒーを飲みながら、タバコを吸いながら、社員の相談に乗るのが俺の仕事だ。

「多いんです。一番広いフロアを貸し切りにしても、五十人くらいだろうって。でも参列者、八十人なんですよね」

「三十人オーバーじゃ無理だろう。他所《よそ》じゃダメなのか？」

「花嫁が、どうしてもそこがいいって。それと、牧野《まきの》さんのお願い、通りました」

「牧野って、あのプロレスファンか」

俺は先日チラッと見た客の顔を思い浮かべた。

若い二人が大きな声でプロレスの素晴らしさを担当プランナーに説明しているのに、ちょっと呆れたっけ。

「はい。で、リング貸してくれるところ見つけました」

「…わっかんねぇな。結婚式をプロレスのリングでやりたいなんて」

「プロレスの試合会場で知り合ったらしいですよ。それに、幾らでも出すって言うんですから、いいじゃないですか。相撲《すもう》の土俵《どひょう》となると、どこもダメって決まってますから困りますけど」

「土俵は女人禁制《にょにんきんせい》だろう」

「だから困るでしょう？　で、どうしますか、レストラン」

「俺が一度交渉に行ってみよう。お前は似たような店を探しておけ。招待客を削るか、二次会で厳選された客だけを集めたパーティに使用するって案を推《お》すのも忘れるなよ」

「はい。では失礼します」

社員の津川《つがわ》が出て行くと、俺は冷えきったコーヒーに口を付けた。

人間の要望は多種多様だ。

もっとも、変なオーダーであるだけ金が取れるから感謝しなくてはならないのだが。

新しく熱いコーヒーでも淹《い》れようかと思っていると、ドアをノックする音が響いた。

「入れ」

入室を許可すると、有田が入って来る。

この会社で、磯野夫妻の次に古株《ふるかぶ》の男だ。元々結婚式場の営業だったのだが、不況でクビになりそうなところをスカウトした、それなりに優秀な男だった。

「いいですか？」

「用事があって来たんだろう。いいぞ。ああ、ついでに誰かにコーヒー頼んでくれ」

「淹れてきますよ、ちょっと待っててください」

有田は遠慮がちで気の利く男で、行動がどこか大杉に似ていた。それが彼をスカウトした理由の一つでもある。

ただし、恋愛対象という意味ではなく、扱い易いという意味でだ。

眼鏡の似合う、いかにも事務方という有田には、動く食指もなかった。

「はい、お待たせ」

運んできたコーヒーをデスクの端に置き自分の分を持って近くの椅子に座る。

「で、何だ？」

「はい。実はコードホテルで大規模なブライダルフェアをやるので、参加しませんか、という誘いが来てるんですが…」

「ホテルのブライダルフェアに？　珍しいな」

「ええ」

有田は持っていたファイルを差し出した。

「コードホテルは外資の系列なんですが、先月完成したばかりで、まだアピールが弱いんです。安っぽいわけじゃないんですが、凄くいいホテルってわけでもなくて…」

「打ち出しが弱いのか」

「はい。多分それでだと思うんですけど、ホテルのブライダルフェアっていうより、ホテルをブライダルに使ってくれそうなところに声かけて集めたっていうフェアみたいです。貸衣装の店や、旅行代理店も呼ばれてるみたいですよ」

「ふぅん…」

渡されたファイルには、企業向け招待状と、ホテルの案内パンフレットが綴《と》じてあった。

どこかで聞いたことがあると思ったが、確かうちが広告を掲載しているブライダル雑誌にも載っていたホテルだ。

都心の一等地の商業施設の上にあるホテルで、高級感と利便性が謳《うた》ってあったな。

「参加しますか？」

「招待なのに金は取るのか」

手紙には、企業ブースの参加費として、一社二十万と記されていた。

まあ安い方か？

「新しいホテルか…。有田はどう思う？」

「顔を出す価値はあると思います。他社がどれだけ参加するかによりけりですけど。それに、出遅れると後で使いにくくなるかも知れませんし」

ホテルは大抵自分達でブライダル部門を持っている。

だから、他所からの持ち込み企画には難色を示すところもある。相手が呼んでる時に応えておけば、後で使い易いということだ。

「…いいだろう。じゃ参加にしよう。有田の担当でいいか？」

「はい」

「幾つか面白そうなサンプルを用意しとけ。それと、ホテルの担当者に使用時の割引も交渉しとけ」

　ファイルを返して、そう命じる。

「ドレスのレンタルは？」

「洋子に相談しろ。買い取りのを何点か持ってるはずだから、それを使うといい」

「はい」

　俺はふっと窓を見た。

　いつの間にか、外は真っ暗になっている。

「客はまだいるのか？」

「はい。一組」

　だが俺が担当しているわけではない。

「俺は先に帰る。後は頼む」

　パソコンの電源を落とし、淹れてもらったコーヒーを一口含んで立ち上がると、有田も慌てて立ち上がった。

「どこかお出掛けですか？」

「飲みに行くだけさ。今日は昼間花屋とやりあったんで、気晴らしだ」

「いいですねぇ、そのうち連れてってくださいよ」

「いいぞ。行きたい店があるなら、選んでおけ。仕事で使えそうな店なら経費で落ちるしな」

「経費ですか。何かせちがらいな」

「文句があるなら別に連れてかなくてもいいんだぞ」

「いえ、探しておきます」

立ったまま、もう一口コーヒーを飲み、カップを持って社長室を出る。

社長室の隣は事務室で、そこの適当なデスクの上にカップを置いて白い扉を開けると、サロンのような受付カウンターへ出る。

確かに、客は一組残っていた。

「クルージングですと、時間の制限がございますので…」

「延長の料金払ってもいいんですよ。ほら、船だとキャプテンが神父の代わりをするんでしょう？あれがカッコよくて」

今度のオーダーは船上結婚式か。

客を横目で見ながら外へ出て、タクシーを拾う。

今日は女のいる店へ行く気にはならなかったので、行き付けのバーまで向かった。

一人になると、昼間納入業者の花屋と用意させた花が注文と違うということで多少やりあったのが思い出された。

客にとっては一生に一度の晴れ舞台だっていうのに、在庫処分みたいな真似をされて、イラついていた。

そのイライラを明日まで持ち越したくなかったので、今日は飲むつもりだった。明日は午前中に予定もないし、ゆっくりしてもいいだろう。

車を降り、静かな半地下の店まで歩いて向かう。

薄暗い店の中には、酒好きの男ばかりで、女はカップルの連れというより飲み仲間のような会話を交わす者が何人かいるだけだ。

一人だから、いつものようにカウンターへ座ろうとそちらに目をやった俺は、雷に打たれたような衝撃に立ち尽くした。

黒いカウンターテーブルに並んで座る二人の男。

一人はスーツ姿でこちらに背を向けているので顔は見えない。だがもう一人はその男に向かい合うようにこちらを向いて、何かを喋っていた。

その男の顔から、目が離せなかったのだ。

薄暗い照明の中に浮かぶ白い顔。

少し伸びた前髪。

長い睫毛に細い顎、笑うと細まる黒目がちの目。

髪形も服もあか抜けて、記憶の中より大人びて見えるその顔は、大杉のそれだった。

まさか。

こんなところで会うはずがない、あいつが笑っているはずがない。

けれど近づいてゆく足は止められなかった。

今まで、何度も『見間違い』をした。似てると思って追いかけたり、声をかけたりした人間は何人もいた。

けれどそれらは全て『間違い』でしかなかった。

だからきっと今回もそうだ。

わかっていても、俺はその男の前に立った。

男が気配に気づいて顔を上げる。

そして…、その顔は驚きに固まった。

「…峰岸?」

声。

大杉の声だ。

「大杉」

その名前を口にできる相手だ。

「お前、どうしてこんなところに…」

手を伸ばし、その身体に触れようとした。

ずっとそうしたい相手だったから。

だが彼はふっと視線を外して、俺ではない男に向けた。

「城島《じょうじま》さん、ごめんね。ちょっといいかな」

　城島？

「何だ、幸成のお友達か？」

　幸成？

「うん。大学の時の」

「そうか。それじゃ懐かしいだろう。初めまして、えーっと…」

「…峰岸です」

「峰岸さん」

　にっこり微笑んでこちらに手を差し出したのは、明るい色の髪に、穏やかそうな顔立ちの、眼鏡をかけた男だった。

　年は俺達と同じか、少し上くらいだろう。

「俺は城島です」

「…初めまして」

　大杉のために伸ばした手が、その男に握られる。

「どうする、幸成。ご一緒するか？」

「…ごめん。俺、峰岸と二人で話したいんだけど」

「いいよ。積もる話もあるだろう。今日は先に帰っておくよ」

「ごめんね」

「いや、いいよ。それよりさっきのことは…」

「帰ってからもう一度話すから」

「わかった。じゃあ。失礼、峰岸さん」

男は伝票をスッと取って立ち上がった。

「城島さん、俺も払うから」

「いいよ。奢られておきなさい」

慌てる大杉を手で制して、こちらに軽く会釈して席を立つ。

そしてそのまま、城島と呼ばれた男は店から出て行った。

「座れば？」

二人のやり取りにどう反応していいかわからぬまま立ち尽くしていた俺に、大杉が声を掛ける。

「あ？　ああ」

状況を上手く理解できず、俺は言われるまま、まだ前の男の温もりが残ったスツールへ腰を下ろした。

他人の体温の名残《なごり》を、気持ちが悪いと感じながらも。

「何か頼む？」

大杉の言葉に、気持ちを切り替えて彼を見る。

「バーボン、ロックで」

変わった。

俺も変わっただろうが、大杉も変わっていた。

容姿もそうだが、何より雰囲気が昔とまるで違う。

寂しげに、儚げに微笑んでいた顔が、どこかもの憂げに口元だけで笑みを作っている。

「久しぶりだね」

余裕、というのではないが、何か投げやりな度胸を感じる。

「…そうだな」

「元気だった?」

「それは俺のセリフだ」

「俺?　俺は元気だよ、見ての通り」

ほら、というように彼が手を広げて見せる。

「今、何してるんだ?」

「何って、働いてるよ。レストランでギャルソンやってる。峰岸は?　相変わらずあっちこっち飛び回ってるの?」

それが前の会社のことを言っているのだとわかったので、訂正してやった。

「旅行代理店は辞めた」

「え？」

「今は会社をやってる」

「会社？　ひょっとして社長？」

「ああ」

「凄いね。何の会社？」

「ウエディングプランナーだ」

「へえ」

俺が頼んだバーボンが差し出されると、大杉は俺がそれを手に取る前に、飲んでいた自分のグラスをカチリと当てた。

「再会を祝して、だね」

話し方もまるで違う。

けれど、これが大杉だ。

俺がずっと、ずっと追い求めていた相手だ。

「…あの時はすまなかった」

「何？」

「お前が大変な時に…」

彼は淡い色のグラスに口を付け、クッと笑った。

「やだなぁ、そんなの昔の話じゃないか」

「だが…」

「もういいんだ」

「ご両親のこととか、色々大変だったんだろう？」

違うと思っていた表情に、ふっと昔の彼の寂しげな面影が過《よぎ》る。けれどそれは一瞬のことでしかなかった。

「聞いたの？　誰から？」

「隣に住んでたばあさんから」

「隣？　ああ、石巻《いしまき》のおばあちゃん」

「会社にも行った、実家にも」

「へぇ…、気に掛けてくれてたんだ」

「当たり前だ」

「ありがとう。でももう昔の話だし」

その一言で俺が彼を求めていた時間がばっさりと切り捨てられたような気分になる。

更に彼が続けた言葉は、俺を深く傷付けた。

「確かにあの頃は色々あったけど、今は幸せだから、気にしなくていいんだよ。城島さんがいてくれるしね」

「城島？　今の男か」

「そう。俺の今の恋人」

…スイッチが。

「へえ…。よさそうな人じゃねぇか」

スイッチが入ってしまう。

「『じゃねぇか』って、口が悪くなったね」

ずっと、ずっと待っていたと。

お前のことを片時も忘れなかったと。

「会社でハク付けるために乱暴な口利いてたら、だんだんこうなってな。お前は少しあか抜けたじゃねぇか」

そりゃあちょっとは食い散らかしたりもしたが、俺の家にはいつもお前の部屋がある。お前が大借金を抱えていてもいいように、会社の運転資金とは別に口座を作って、いつでも自由に使える金を貯めてる。

「城島さん、アパレル人だから。色々洋服くれるんだ」

誰かを抱いていても、お前の方がよかったと思ってしまう。

「趣味いいぜ」

さっき会えた時に、駆け寄って抱き締めたかったとか。

「似合ってる？」

その顔を見て、泣いてしまいそうなほど胸が詰まったとか。

「ああ。色っぽいよ」

そんなことを全部呑み込むように、スイッチを切り替えてしまう。

灰皿があるのを確認してタバコを取り出す。

昔は何かを言う前にすっと目の前に灰皿を差し出してくれたのに、カウンターに片肘をついたまま彼は何もしなかった。

「まだタバコ吸ってるんだ」

「一生止めねぇなぁ」

「値段、どんどん上がってるじゃないか」

「それでも、さ。メシ抜いてもこっちを買うよ」

「身体に悪いよ。奥さん心配しない？」

「結婚はしてない」

「でも田中《たなか》が一年前に赤ちゃん抱っこしてる峰岸とすれ違ったって」

「田中ってゼミの？　会ってんのか」

「半年くらい前に、やっぱり偶然会ったんだ」

「へえ。じゃまた会ったら訂正しとけ、俺は結婚もしてないしガキもいない」

「あいつの見間違え?」

「いや、多分それは社員の子供だ。近くに派手な女が一緒にいたって言ってたろう」

「奥さん、美人だったとは言ってたね」

「じゃ、やっぱりそうだな。磯野っていううちの社員だ」

「でも恋人はいるんでしょう?」

その口が、それを訊くのか。

「いない」

でも出遅れてしまった俺は、本当のことが言えない。

お前を忘れられなかったから、誰とも恋ができなかった、なんてみっともないことは言えない。

「独身貴族さ。遊び回ってる。気楽なもんだ」

「峰岸って、昔からそうだよね。蝶々《ちょうちょう》みたい」

大杉は、ふっと鼻先で笑った。

この顔も、俺の記憶にはない。

「蝶?」

「花から花へ、さ。間宮《まみや》さん、覚えてる? ゼミで一緒だったベリーショートの娘《こ》」

「ああ」

「寝たでしょう」

断定的なセリフ。

事実だが肯定できなかった。あの頃、『寝てない』と言い切っていたから。だが俺の返事など必要としないかのように、大杉は続けた。

「それから文学部の小平《こだいら》さん？」

それも身に覚えのある名前だ。

「あの二人、俺のところへ来てさ」

「お前のところへ？」

「俺が峰岸と親しかったから、どっちが恋人か言ってなかったか、他に女の名前を知らないかって詰め寄られた」

知らなかった。

「…お前、そんなこと言ってなかったじゃないか」

「言うほどのことじゃないから。他にも噂は聞いてたし」

「大杉」

知らないと思っていた。

知られていないと。

でも、全部知っていたのか？

「ああ、そんな顔しないで。もう昔の話だから。ただ、だから峰岸は相変わらずなんだろうなって思っただけ」

女とお前は違う。遊びと本気は違う。ちょっとヤキモチ焼かせて、お前を繋ぎ止めようとしていたんだ、という言い訳も呑み込む。

「でも仕方ないよ。男ってそういうものなのかも。俺も城島さんと会うまでは色々あったし」

「お前が？」

あり得ない。俺しか知らない、あの超が付くウブなお前が。

「俺だって変わるよ。もう五年だもの」

大杉は僅かに残った酒を、氷で掻き混ぜるようにグラスを回した。

カラカラと軽い音が響く。まるで今の俺の心の中のように、空っぽの音が。

「あの男といて楽しいか？」

「城島さん？　うん。優しくていい人だから。一緒に暮らしてるんだ」

「へえ」

一緒に暮らしたかったのは俺だ。

朝から晩まで一緒にいて、どんなに忙しくても家に戻ればお前がいるという安心感を得たかったのは俺だ。

俺の方が、先にそれを望んでいたのに。

「会えてよかったよ。懐かしかった」

なのにお前は俺を『懐かしい』の一言で片付けるのか。

「そうだな。どうしてたのか、気になってたしな」

「俺のこと？　心配してくれたの？」

「当たり前だろう」

惚れてたんだから。

「峰岸も意外と優しかったんだね」

「意外とかよ」

酒の味も、タバコの味もよくわからなかった。

いつもなら薄暗いと感じる店の明かりの中、カウンターの席だからか妙にライトが強く感じて、大杉の姿だけが鮮やかに浮かび上がって見える。

昔を語らせることもなく、今を訊くことも許されず、ただ他愛のない話だけを繰り返す。

細い身体に似合った長いシャツ、組んだ細い脚に似合った黒のパンツ。

柔らかそうな髪を、時々耳に掛け直してはどこか遠くを見ているように視線を外して笑う。

そんなお前を、目に焼き付けるのに必死だった。

こんな出会いを待っていたんじゃないのに、こんな結末を期待していたわけでもないのに、ただ会えたことだけがやっぱり嬉しい。

お前の中では、俺はもう過去の人なんだな。

死ぬほど会いたい恋人ではなく、一時期一緒に過ごしただけの男なんだな。

俺にとっては昨日のことのように思い出せる全てが、大杉の中では古いアルバムのようなものになっているんだな。

「そろそろ帰らないと」

小一時間もそんな時間を過ごした後、大杉は時計に目をやった。

「もう？」

「明日も仕事があるから」

「店、どこなんだ？　一度メシ食いに行ってやるよ」

「いいよ」

やんわりとした拒絶。

「俺が行くと迷惑か？　今の男に勘ぐられるとか？」

あの男のところに帰る。それだけでも許せない。

「そんなことない。ただ知ってる人に営業用の顔を見られるのがいやなだけ」

「じゃあ、俺と会うのは嫌じゃないんだな？」

だってこれは俺のものだったのだ。

「それは…、別に」

「なら、もう少し飲もうぜ」

「え…？」

「いいだろう。せっかく会えたんだ。旧交を温めようぜ。昔とは変わったんだろう？　遊びも覚えたんだろう？」

大杉は、また昔を彷彿《ほうふつ》とさせるような顔をした。

困ったような、寂しい笑みだ。

「…それなら、遅くなるって連絡入れないと」

その顔が、俺の背中を押す。

「遅くなる。じゃなくて泊まってくでもいいんだぜ」

ここで別れたら、こいつはもう俺とは会わないつもりだ。新しい男のところへ行ってしまう。

それならば、最後に酷い男と言われても、この手を伸ばしたい。伸ばして何が悪い。

「徹夜で飲む気？」

呆れた、という声。

「飲むだけじゃなくてもいいぞ」

それに笑って応える自分。

「変わったんだろう？　あの男にバレなければ何をしたっていいんじゃないのか？」

「…峰岸」

我ながら最低だ。

だがこの手を伸ばす理由を、他にはもう考えつかなかった。

大杉が独り身だったら、ちゃんと告白した。付き合ってるヤツがいても、遊びならば無視した。

けれど大杉はあの男を『恋人』と言ったのだ。

自分が欲しかったポジションはもう埋まっている、と。

だったら　今の俺にできることは、ハイエナのようにお零《こぼ》れを望むしかないではないか。それでもいいと思うくらい、こいつが好きなのだから。

「なあ、大杉」

俺は大杉の手を取った。

「絶対に上手くやってやるよ。だから付き合ってみないか？」

断られたら、それで終わりにしよう。そんなヤツだと思わなかったと言われたら、自分が招いた結果だと受け入れよう。

一瞬複雑な顔を見せはしたが、大杉は微笑った。

昔のような儚い笑みではなく、どこか凄絶《せいぜつ》な、色気のある顔で。

「そうだね。遊びならいいよ。お互い後腐れなしって約束なら」

昔のこいつなら言わないセリフ。

「ああ、約束しよう」

「…わかった。電話してくるから待ってて」

そしてふらりと椅子から降りると、携帯電話を取り出しながら店の戸口へ向かった。

「やっぱり外で待ってる。追って来て」

声が届くぎりぎりの距離で振り向き、そう言って笑いながら。


バーボンのロックを一杯。

飲んだのはそれだけで、酔ってなどいなかった。

だが夜の街を歩く俺の足取りは、どこかふわふわとして、現実味が薄かった。

あれだけ会いたいと願っていた相手が、隣にいる。それもまた夢のようだが、その相手の変貌ぶりも夢のようだった。

安っぽいラブホテルを使う気になれなくて、向かったのは一番近いシティホテル。

部屋はツインで取った。

「金持ち」

と笑う大杉が、別人のように感じた。

これは、記憶の片鱗《へんりん》かも知れない。

時間が経って、偶像化してしまった過去の遺物かも知れない。

この身体を抱いても、味わうのは愛しさではなく、これはあの大杉ではないという失望だけかも知れない。

それでも、手を出さずにはいられなかった。

後悔と愛情と、長い待ち時間のせいで。

スイートではないが、スタンダードよりいいその部屋は、二つのベッドの他に、小さな応接セットと壁際にはデスクもあった。

「何か頼むか?」

「いらない」

「腹は減ってないのか」

「特には。でも峰岸が頼むならどうぞ」

「そうだな。酒と、何かツマミでも頼むか。その間に風呂でも入って来いよ」

「ん」

手慣れているというほどではないが、臆した様子も見せず、彼はバスルームへ消えた。

俺は電話を取り、サンドイッチとビールを頼んだ。

タバコを取り出し、一本咥えてカーテンを開ける。

眼下に広がるネオンの街が、現実を遠くする。

大杉の安アパートでしか抱き合ったことはなかった。あの頃は、ラブホテルにも連れて行ってやらなかったな。

だがそれは金を惜しんでのことじゃない。

あいつの匂いのする場所が、一番居心地がよかったからだ。

平日の夜で宿泊客が少ないのか、ルームサービスは思ったよりも早く来た。

大杉はまだバスルームから出てこず、俺は一人でサンドイッチをビールで腹へ流し込んだ。

バカげている。

こんな形で抱いても、大杉はもう自分のものにはならないのに。

いっそ、冗談だ、やっぱり恋人のところへ帰れと言ってやるべきだろうか？

だがそんな殊勝な考えも、湯上がりの身体にバスローブ一枚を纏《まと》って出てきた大杉の姿を見たらすっ飛んでしまった。

元々体毛の薄いヤツだったが、丈の短い白いローブから出た脚も、タオルを使う腕も、記憶のままに白く細い。

大杉と別れてから、男をちゃんと相手にしたことはなかった。試しで誘ったことはあっても、やはりこれではないという思いから、インサートまではいかなかった。

だが今、大杉を見ているだけで突っ込んでやりたいという衝動に駆られる。あの時の悦びをもう一度味わいたいと。

「峰岸は？　お風呂使わないの？」

「風呂を使ってる間に逃げ出さないならシャワーぐらい浴びて来るか」

「そんなことしないよ。ここまで来て」

慣れたように笑う。

「それもそうだな。気が変わったら、何でも頼んでいいぞ」

「本当にいらない。…ビールだけもらおうかな」

「足りなきゃ冷蔵庫にも入ってるだろ」

言い置いて、バスルームに向かう。

服を脱ぎ捨て、大きな洗面所の鏡に映った自分の姿を見ると、また自分の愚かさを感じた。

だがそれに目を瞑《つむ》って、シャワーを浴びる。

軽く汗を流す程度で出て来ると、洗面所に置いてあったシェービングローションの小ビンをバスローブのポケットへ忍ばせた。

挿入れる気だったたから。

ラブホテルならば用意されているものの代わりにするつもりだった。

部屋へ戻ると、大杉は片方のベッドの上に座り、テレビを観ていた。

「何か面白いもんでもやってるか？」

声を掛けると、俺が出てきたことに気づいていなかったのか、ビクッと肩が震える。

「特には。暇だったから。…ここ、よく使うところ？」

「いいや。下は使うが部屋を取ったのは初めてだ」

「下？」

「レストランやラウンジだ。打ち合わせなんかでな」

「カッコいいね」

「何が？」

「仕事してるって感じで」

俺は大杉の前に立つと、リモコンでテレビを切り、その手からビールのグラスを取り上げた。

「しようぜ」

一瞬、その顔に怯《おび》えた色が見えた気がしたのは、彼の恋人への罪悪感だろうか？

屈《かが》み込むように顔を近づけると、手がそれを止める。

「キスはダメ。常識でしょう。遊び相手とはしないって」

「そんなもんか？」

「峰岸は誰とでもキスするんだ」

「さあ？　どうだったかな」

拒まれたから、唇を唇から耳へと移動させる。

耳たぶを舐《ねぶ》りながら、濡れた頭を抱いて、ゆっくりとベッドへ押し倒す。

座ったままだから、脚はまだベッドの外に残したままだった。

「お前、あの男と毎晩やってんの？」

飾りみたいな腰紐を取る。

「こういう時にそういう話題はルール違反なんじゃないの？」

身体を添わせたまま、前を開ける。

「挿入れていいかどうか知りたいからさ」

「…ダメ！」

だが中身を見る前に、突き放された。

「挿入れるのは…」

「操だてか？　ここまできて？」

「そうじゃなくて…。城島さん、元々ノンケだから、あまり挿入れないんだ。だから…、あんまり使ってなくて…」

「じゃあ、ゆっくり解してからやってやるよ」

「でも…」

「痛くはしない」

「…自信があるんだね」

からかうように笑う彼に再びトライする。

バスローブの前を開け、今度はちゃんと見た。

傷一つない白い肌。昔と同じ細い身体。

下着は着けていなかった。当たり前だが。

それが恥ずかしいのか、膝を曲げ、脚でそこを隠す。

こういうところも、昔のままだ。

「痛いのが怖いんだろ？　だったら慣らしてからするから」

「…慣れてる余裕のセリフだね」

いいや。

昔の記憶が頼りなだけだ。

「ああ」

でも言わない。お前が怯えてしりごみしないように。

「…じゃあ任せるよ」

唇に許されなかったキスを、全身にした。

触れた肌の感触はしっとりとしていて、昔と同じだった。少し骨張ったかも知れない。

「あ…」

胸が弱かったよな。

ずっと弄られてると、下に触れられなくても勃起するんだろう？　それが恥ずかしくて、頬を染め、
視線を逸らすんだ。

「ん…」

声を上げるのもダメで、喉の奥で呻くばかり。でもここには隣の部屋のばあさんはいないのに。

「大杉」

名前を呼んで、骨格通りに骨を辿り、股関節に触れる。

脚の付け根のラインを撫でると、ピクリと震える。

「よくしてやる」

あんな男よりも、もっと。

俺のがいいなって思うくらい。

大杉のモノを口に含んで、ゆっくりと舐める。

わざと音を立ててしゃぶり、根元を握ってすぐにイかないようにする。

「あ…」

高い声が聞こえるまで、大杉を昂《たか》めることだけに終始した。

変わったとか、遊び慣れたとか言っても、まだお前はねだることもしないんだな。『もっと』とか『そこ』とか言ったたっていいのに。

「や…っ」

手は、俺にには伸びずシーツを握った。

腰が疼《うず》くように何度か跳ね上がる。

それを押さえ付け、先から露《つゆ》が漏れるまで、ずっと舐め続けた。

「峰岸…、も…、いいから…」

「出るか?」

「…う…っ」

「いいぜ、一回出して」

「口…、放して…」

「ベッドに零すだろ?」

「タ…オルが…あるから…」

「これか?」

さっきまで彼が髪を拭いていたバスタオルを渡してやると、彼はそれで自分の前を隠した。

その中に手を突っ込み、限界に近い場所を握る。

「あ…」

大杉は身体を横に捻《ひね》って背中を丸めた。

自分も完全にベッドの上にあがり、股間に残した手で彼を追い詰める。

「……っ」

ふるっ、と身体を震わせ、あっさりと大杉はイッた。相変わらず感度がいい。

止めていた息を長く吐き出して力を抜いた身体から、タオルを剥ぎ取ると、彼は俺を見上げた。

「前からしないで」

真っすぐな視線。

これは昔と違う顔。

「前からって、結構辛いんだ。後ろからがいい」

こんなことを言うのも、昔と違う。

間違い探しみたいに違いを探しても仕方がないとわかっているのに、違いを見つけると胸が痛んでしまう。

ああ、こいつはもう俺の知ってる大杉じゃないんだ、と。

「いいぜ、じゃあ後ろ向きな」

「ん…」

本当は、顔が見たかった。

恥じらいから蕩けるように淫らに変わる瞬間が好きだったから。けれどこれは借り物だから、自由にはできない。

逃すくらいなら我慢をする。

俯《うつぶ》せになった大杉の腰を抱き、ポケットに忍ばせたローションを取り出して塗る。

「…うっ そんなの…持ち歩いてるんだ…」

「ホテルのローションだよ。だから滑りは悪いかもな」

ローブの裾から手を入れて、穴を探る。

落ちてくる裾が面倒で捲り上げると、頭を抱えるように枕に顔を埋めてしまう。

恥ずかしいから？　ただの準備？

もうどっちでもいい。

指がふやけるまで、何度もローションを塗ってはそこを弄る。

彼の吐息が自分の耳に届くまで、ずっと我慢して。

快感を得るというよりも、彼の痴態《ちたい》を見るためだけに費やされた時間だった。

自分が、というよりも大杉が俺を思い出すように、俺とのセックスを嫌がらないようにと努めた時間だった。

「大杉」

名前を呼んで、前にも触れて、準備を整える。

だが大杉は何も言わなかった。

俺の名前を呼んでくれることもなければ、喘いだり悶《もだ》えたりもしなかった。それでも、耐えるように見えるその背中だけで、だんだんとそそられた。

知っていたから。

こういう時に、大杉がどんな顔をしているか知っていたから、想像できるから。

実際彼が伏せた顔の下でどんな表情を浮かべているのかはわからない。でも俺の頭の中にはあの時の顔がある。

それをコラージュすればいいだけだ。

「挿入れるぞ」

ピクリと震えた腰に、自分のモノを宛てがう。

少し力を入れて押し付けると、先だけが中に入る。

「…あ」

漏れる声。

「いや…、やっぱり…」

「今更それはナシだ」

「や…。う…っ」

前を愛撫し、ゆっくりと時間を掛けて中へ埋め込む。こんなにじりじりと挿入れたことなどないほど、ゆっくりと。

傷付けないように、辛さを感じさせないように。

一番辛い場所を呑み込ませると、そこからゆっくりと腰を動かした。

「あ」

のけ反る背中。

「や…」

繋がった場所が苦しげに収斂《しゅうれん》を始める。

「ん…っ」

肉が中で蠢《うごめ》き、俺を締め付ける。

呼吸を楽にするために横を向いた顔が見えると、やっぱり俺が思っていた通りの顔だった。

耐えるように目を閉じ、苦しそうに唇を震わせ、甘く溶けてゆく。

「あ…」

この顔を、他の男にも見せたのかと思うと、心がざわついた。

優しくしてやろうと思ったのに、我慢ができず激しく揺さぶる。

「あ…、や…っ」

もっと欲しい。もっと好きなように扱って、もっと声を上げさせて、溺れるように繋がりたいと彼を責める。

それでも、痛みを与えないようにという注意だけは忘れなかった。彼との約束を、これ以上違《たが》える気になれなかったので。

「は…ぁ…っ」

しなる背中。

鼻にかかる高いトーン。

シーツにしがみつく手。

快感は、大杉の上にもあるはずだった。

けれど、最後まで、彼は俺の名前を呼んではくれなかった。

彼が果て、俺が果てる最後まで、一度も俺の名前は呼んでくれなかった。

「あぁ…ッ」


「帰らないと…」

ぐったりとしていた大杉は、身体を起こしてポツリと言った。

「泊まっていけよ。連絡はしたんだろう?」

「仕事があるから」

「ここから行けばいいだろう」

「ダメだよ。着替えたりとか色々あるんだ。シャワー使ってくる」

「大杉」

ベッドから降りようとした彼の手を取る。

離れ難くて、咄嗟に出てしまった手。

「何?」

「…腰が辛いんじゃないのか？」

彼はクスッと笑った。

「昔より上手くなったんじゃない？　そんなに辛くないよ」

ここで笑うのか。

変わったな。

「ありがとう。城島さん、淡泊《たんぱく》だから、久々に楽しめた。でもやっぱり挿入れるのはキツイな」

「だが悪くなかったろ？」

「まあねぇ。イッといて悪いとは言えないね」

「だったら、また会わないか？」

手が離せなかった。

せっかく繋いだこの手を、もう一度離す気にはなれなかった。

「俺も決まった相手はいないし、お前も欲求不満なところがあるんだろう？　大学の友人って肩書きは嘘じゃないんだし、バレやしないさ」

彼が、昔と違うのはわかった。もう認めるしかないことだ。

それでも、俺はこいつが欲しい。

「セックスフレンドってわけ？」

「オトモダチでいいぜ」

「…シャワー浴びてる間に考える」

大杉はするりと逃げて、そのままバスルームへ消えた。

執着だな。

最後に一度だけでも、とどこかで諦めていた心が、やはり抱いてしまったら彼が欲しいという欲望に変わる。

俺もベッドを降り、脱ぎ捨てていたローブを纏う。

ぬるくなったテーブルの上のビールをそのままに、冷蔵庫から新しい缶のビールを取り出して一気に呷《あお》った。

自分と離れている間に、大杉はどんな時間を過ごしたのか。

あの男とどこで知り合って、どうして惚れたのか。

俺ではもうダメなのか。

訊きたいことは山ほどあるのに、全てが喉の奥に塊となって引っ掛かっている。

自分がみっともないから、というのもある。今更そんなことを言っても惨めなだけだ、そんな醜態《しゅうたい》は晒《さら》したくないというプライドが。

だがそれよりも、優しい人だ、今は幸せだと語った大杉の『今』を壊すことも怖かった。

あいつが一番辛い時に側にいてやれなかった自分が、また自分の勝手で振り回していいものか。

「矛盾してるな…」

そう思うなら、ベッドへなど誘わなければよかったのに。

あいつの幸福を守りたい、でも俺はあいつが欲しい。

こういうのを二律背反《にりつはいはん》っていうのか？　二つの心が正反対のところでせめぎ合っている。

自分のしでかした過去が、もう一歩を踏み出す勇気を殺いでしまう。

「またビール飲んでるの？」

声に顔を上げると、シャワーを浴びた大杉が戻っていた。

もう服を着込んで、帰る支度を整えた彼が。

「運動したら喉が渇《かわ》いた。飲むか？」

「帰るから、お茶にする」

冷蔵庫を開け、ウーロン茶の缶を取り出す。

「…また会ってもいいよ」

彼は俺に近づいては来ず、冷蔵庫の横にしなだれかかるように立ったまま言った。

「幾つか約束してくれるなら」

「約束？」

「遊びだって割り切ってくれること、昔のことは口にしないこと。連絡は俺からだけにすること」

「俺は連絡しちゃダメなのか」

「待つのは、嫌なんだ。連絡が来なくてイライラするの、嫌いなんだよね。それに、城島さんに知られるのも嫌だし」

またあの男か。

当然なのだがその名前が出ると胸が痛む。

「それが約束できるなら、また会ってもいいよ」

「…わかった。いいぜ」

そんな一方的な申し出を呑んでしまうほど、お前に惚れてるのだと伝わればいいのに。

「簡単に返事するね。そういう相手、多いの？」

「ま、色々さ」

「携帯の番号、教えて」

「昔と一緒だ」

「ごめん、忘れた。もう一度教えて」

お前のために番号を変えずにいたのは徒労《とろう》だったたってことか。

俺は自分の携帯電話を取り出し、彼に向き合った。

「赤外線でいいか？」

「うん」

交信して、彼の電話番号を手に入れる。細い糸でも、これで彼と繋がった。

「それじゃ、俺はこれで」

「タクシー代くらい出してやろうか？」

「俺は娼婦じゃないよ」

彼が不快さに顔を歪める。

「そういうつもりで言ったんじゃない」

歩いて帰るのは辛いだろうという気遣いだ。

だが今の言葉をそう取るような目で俺を見てるってことだ。

「気を付けてな」

「ありがとう。…さよなら」

大杉はにっこりと笑った。

次の約束もなく、出て行った。

あっさりとしたものだ。

あれだけ抱き合っても、さよならと笑って帰ってしまうのだ。他の男のところに。

乱れていない方のベッドを見ながら、俺は嗤《わら》った。

あそこで、二人で抱き合って眠るつもりだった。だが大杉はそれに魅力を感じてくれなかった。

それは俺に対して、だ。

セックスを遊びと割り切って付き合いはするけれど、安らぎを求める眠りは、他の男に求めて帰るのだ。

思い出す、穏やかそうな城島の顔。

あいつなら、きっと優しいのだろう。

身勝手に、大杉を振り回したりしないのだろう。

けれど俺だって好きだった。

俺だって大切にしていた。

たった一本の電話だ。

それだけで全てを失ってしまった。

時間は戻らない。それはどんなに科学が進もうと、奇跡が起きようと、変えられない事実だ。

けれど、俺はもう一度時間を巻き戻したかった。

あの日、大杉から電話が入ったあの時に。

そうしたら、ちゃんと何があったか聞いてやるのに。一人で消えなくてもいいように、何でもしてやれるのに。

俺がどんなにお前を大切に思っていたか、言葉にして伝えてやったのに。

だが目に入る現実は、抜《ぬ》け殻《がら》のベッドが一つ、使われないベッドが一つ。

一人残された部屋、空《むな》しい気持ち。

「これが受け入れるべき現実だ」

言葉にして、確認する。

それすら、虚しい響き。

俺は残っていたビールを飲み干すと、自分もシャワーを浴びるため、バスルームへ向かった。

大杉が再びこの部屋に戻ってくることを期待して、バスルームの扉を細く開け、チャイムの音が聞こえるようにして。

そんなことは、あり得ないことだとわかっていても…。


行く、と言って行かないこともあった。

連絡する、と言って連絡しないこともあった。

焦らして、不安にさせてから会うと、ほっとした顔で嬉しそうに微笑うのが好きだったから。

俺から電話をすることはあまりなかった。

たまにこっちからしてやると、本当に嬉しそうな声をするのが聞きたくて。

大杉が俺を追ってくるのを見ているのが好きだった。

ウブで、純粋で、一途な大杉が、俺だけを待って、俺だけを追ってくるのを見ていると、本当の愛情を確かめている気分になれた。

俺は、いい加減な男だったので。

他人に嘘もつくし、適当に合わせせるし、遊ぶし、本当に大した男ではなかったので、大杉の全てが大切だった。

目映《まばゆ》いほど、無垢《むく》に思えた。

彼だけは信じられると思えた。

壊して、傷つけて、それでも壊れないことを確認する。

そんな気持ちだったのかも知れない。

だがそれをされる方がどんな気持ちだったかは、考えもしなかった。

学生時代、大杉に『今度一緒に出掛けよう』と約束しておきながら、暫く連絡を取らずにいたことがあった。

彼はその『今度』が来る日を待っていただろう。

俺が約束を果たすと言ってくれるのを待っていただろう。

忘れたわけじゃない。

だが俺は他の女と出掛けながら、大杉に連絡しなかった。そのことが大杉の耳に届いているであろうことを知りながら。

そうして一週間以上も経ってから、俺は大杉を呼び出した。

「すぐ駅前まで来いよ」

そんな一言で。

もちろん大杉はすぐにやってきた。

何も知らず、ただ久々に俺に呼び出されたことだけを喜んで。

「この間どっか連れてくって約束しただろう?」

「覚えててくれたの?」

覚えていた、というだけで彼は喜んだ。

「ああ。美術展のチケット貰ったから行かないか?」

それは大杉が好きだと言っていた画家の展覧会のチケットで、それを手に入れるために俺はレポートを一本他人のために書いてやった。

あいつのために一生懸命になってるというのが気恥ずかしいから、伝えはしなかったが。

「今から?」

「そのままでいいよ」

「でもバイトが…」

「断れよ。一日ぐらいいいだろ?」

突然呼び出したのは、サプライズのつもりだった。

驚きが喜びを倍加させると信じていたから。

あいつの都合なんて、考えてもいなかった。

「…わかった。待ってて、電話するから」

彼の予定を無視し、嘘をつかせ、バイトより俺とのデートを優先させている姿を見て、満足していた。

他を捨て去れることで、自分のものだと確認していた。

相手に負担を強いてることも考えず。

ガキだったのだ。

どうしょうもないほどガキでしかなかった。

あの時は、食事も奢ってやった。土産にと、ポストカードも何枚か買ってやった。女にはその何倍もするスカーフだのアクセサリーなんかを買ってやるのに。

でも、女達にはこの辺りをくれてやればいいだろうって定番のものしか買わない。お前に買うのは、大杉ならこれを喜ぶだろうとわかってるものを買ってやった。

…お前は何でも喜んだけど。

数カ月経って、そのポストカードが一〇〇均のフォトフレームに入れられ、ちゃんと飾ってあるのを見て、少し嬉しかった。

きっと、買った数日後からそこにあったのに、気づかなかったクセに。

何でこんなことを思い出してしまったかというと、あの時の大杉の気持ちがだんだんとわかってきたからだ。

「社長、うたた寝すると風邪ひきますよ」

「寝てねぇよ」

社長室で、過去への回想に浸っていると、磯野妻に頭を叩かれた。

「博紀、風邪だったたって？」

「そうなのよ。子供は五歳までは気が抜けないわ」

相変わらず、人妻で、母親にもなったというのに派手ななりの女は、すっかり俺の姉さん気分だ。

まあ、立ち上げの時から一緒で、実際年上だから仕方ないか。

「何ぼーっとしてたの？」

「考え事」

「考え事？　トラブルですか、社長」

「プライベート」

「あら、珍しい」

彼女は自分の分と一緒に持ってきたコーヒーを俺に差し出した。

「連絡するって言って連絡して来なかったり、他所の女とデートしてるのにしてないって嘘ついて、移り香付けて帰宅するような男をどう思う？」

彼女は露骨《ろこつ》に嫌そうな顔をした。

「サイテー」

「…だよな」

「なあに？　お友達？」

「いや、俺」

「峰岸が？　あり得ないわ」

「何？　俺のこといいヤツと思っててくれるのか？」

随分買いかぶってくれてると思ったが、そうではなかった。

「違うわよ。そういうのって、本命にすることでしょ。あなた本命いないじゃない。遊び相手にしてるなら、まあお互い様ってところね。相手に逃げられて終わりだわ。だからわざわざ嘘ついたりして取り繕わないでしょう？」

「本命がいてこその最低な行動か、言えてるな」

本命はいたのだ、そいつにしたことだ、とまでは言わなかった。

追及されると面倒なので。

「あんにゅい？」

「何だよ、それ」

「突然変なこと言い出したから」

「男のブルーデーだ」

「男にはわかんないわよ、月に一度の大流血の辛さなんて」

結婚した女ってのは遠慮も恥じらいもないな。

「そんなことより、コードホテルのブライダルフェアの企画、持ってきたから目を通して」

はい、と差し出されるファイルを受け取り、コーヒーをすりながら目を通す。

ファイルには、今まで手掛けたウエディングプランの中でも奇抜なものとホテルプランを中心にまとめてあった。

企画展示は買い取りになったウエディングドレスと、最近人気があるウエディングベアの見本、それにウエルカムボートなんかの小物の写真が中心だった。

「弱くないか？」

「スペースも限られてるし、客層もわからないから」

「ウチだけがやるんならこれでもいいが、競合他社と机を並べるんだ、もうちょっと目を惹くものを考えろよ」

「たとえば？」

「それを考えるのが仕事だろ。それと、このプロレスリングは外せ」

「あら、どうして？　目を惹くでしょう？」

「奇抜過ぎる。ホテルのブライダルフェアに来るカップルが食いつくネタじゃないだろ。それなら前にやった水族館の結婚式の方を載せろ」

「はい、はい」

ファイルを捲っていると、携帯が鳴る。

俺はすぐに電話を取り出し、応対した。

「はい」

電話は業者からで、仕事のものだった。

言われていた生花の手配がついた、という単純な報告だ。

「じゃ、それでよろしくお願いします」

短いやりとりだけで電話を切ると、まだそこにいる洋子が不思議そうな顔をしていた。

「何だよ」

「ううん。ただ、峰岸は電話に出るのだけは早いなぁと思って」

「商売やってるんだから当然だ。企画、練り直したらまた来い。それと、宇田川《うだがわ》に生花の手配ついたから、石川花壇《いしかわかだん》に連絡するように伝えてくれ」

「はい」

ファイルを取り返した洋子が出て行ってしまうと、俺はまたぼんやりと大杉のことを考えた。

自分がいかに酷い男だったかを反省するために、過去を思い出していたのではない。

今、自分があの頃のツケを払ってる気分だったからだ。

再会して、連絡先を交換してから、俺は毎日大杉からの連絡を待っていた。

こちらからは連絡しないという約束だから、ただ待つしかできなかった。

待たされること一週間。

諦めかけていた頃、電話が鳴った。

青臭くもドキドキしながら出ると、大杉は今から出てこれるかと訊いた。

その日は一件、打ち合わせが入っていた。新しく会場として使用させてもらえるレストランに行く予定だったのだ。

だが断ればそれで終わるかも知れないから、俺は仕事をキャンセルした。

俺でなければならないというわけでもなかったので、磯野に代わりを頼んで。

だがその逢瀬《おうせ》はセックスをするためではなかった。

呼び出されて行った先、大杉は一緒に食事をしようと言った。

「仕事でメニューのリサーチを頼まれてて、一人じゃ何だから一緒にどうかなと思って」

セックスが全てではない。

だが正直ガッカリした。

わざわざ仕事をキャンセルしてまで来たのに、お前の仕事の付き合いなのか、と。

だがそれでも帰れなかった。

手の届くところに大杉がいて、他愛ない話をしながら食事をする。あいつの目が俺だけを見ている。

その普通の時間が嬉しかった。

本当は、こういう時間を昔にもっと作ってやるべきだった。

「ありがとう。急に呼び出したのに来てくれて」

「別に。俺も暇だったからな」

「優しくなったね」

その言葉で、気をよくしてしまった。世辞だとわかっていても。

結局、その時はその食事だけで別れた。

都合よく使われただけだ。

一人で行くのが嫌だから、呼び出して捕まったヤツが俺だっただけだ。

わかっていても、文句も言えなかった。

その次に呼び出されたのは三日後。

間を置かない呼び出しで今度こそと思ったのに、買い物に付き合わされただけだった。

友人の結婚祝いを買うということで、「峰岸ならセンスもいいし、結婚のことはプロだから」という理由だった。

他人行儀に、御礼として簡単に食事を奢られたが、それも寂しい。

ひょっとして、こんなふうに普通の友人としての付き合いしかしないつもりなんだろうか？

体《てい》よくごまかして、やっぱりその気にならなかったで終わるのだろうかと思い始めた三度目。

大杉はやっとそれを口にした。

『今夜、どう？』

電話から聞こえた誘いの言葉。

『それとももう他の相手が見つかった？』

食事でも買い物でもない時間を示すセリフに、俺はすぐに出掛けた。

やっとホテルへ行き、彼をもう一度抱くことができたが、インサートは無し。大杉も終わったらさっさと帰ってしまった。

言葉では、『峰岸だから』『ありがとう』『嬉しい』なんて言われたが、振り返ってみると、都合よく使われたか、その場だけの遊び。

俺と付き合ってるんじゃなく、誰でもいいヤツと時間を過ごしたってだけにすぎない。

それは、俺が昔あいつにした仕打ちとそっくりだった。

あの頃、大杉はこんな気持ちだったんだろうか？

俺だけじゃないんだろう、俺である必要があるのか？

次は何時なんだ？

そんな疑問を抱きながら、連絡を待つ。

不満を持っていても、また次に呼び出されたら行ってしまう。そのことで軽い自己嫌悪もする。

「ヘタレてんなぁ」

待つだけの状態で、頭の中はあいつのことばかり。

イライラしながら、忘れることもできない。

だが俺には大杉を責めることはできないのだ。

自業自得って言葉がある限り。

第一、自分がこういう付き合いでもいいと言ったのだから仕方がない。

タバコを取り出し、口に咥える。

火を点ける前に携帯が鳴るから、咥えただけのままで電話に出る。

「はい」

『峰岸？』

珍しく相手を確認せずに出ると、相手は件《くだん》の大杉だった。一週間ぶりの声に、やっぱり胸が騒いでしまう。

『今いい？』

「ああ、いいぞ」

俺と同じ、とは言ったが大杉の方がまだマシか。こうして俺の都合を訊いてくるのだから。

『今夜会う？』

「いいぜ。どこで会う？」

『どこでも。峰岸が指定してくれたところへ行くよ』

それではと、繁華街の駅ビルを指定する。

「喫茶店が入ってるから、そこでどうだ？」

『わかった。時間は七時でいい？』

「ああ」

『じゃ、七時に』

それだけで切れてしまう電話。

まあ、話なんぞ会ってからすればいいのだが、素っ気なさすぎるだろう。

物足りないと思いながら、もっと話したいとも言えない。

「いけね、メシ食ってから会うのか会ってから食うのか訊き忘れた」

だがこっちから電話するのは禁止だから、確認は取れない。

俺は咥えていたタバコに火を点け、深く息を吸った。

煙を吐き出すための息が、長いタメ息に変わる。

「何時迄、こうしてるつもりなんだか…」

恋人にはなれない。

わかっているのに切れない。

それが少し辛いと思うようになっていた。

約束の時間、喫茶店に入ると、もう大杉は席に座って待っていた。

広い店内、会社帰りのサラリーマンや、これから街へ出るカップルがちらほらと席を埋めている中を彼に向かう。

「早かったな」

「今来たところ。まだオーダーも来てないよ」

微笑む彼に、昔を思い出す。

「電話で訊き忘れたが、メシ、どうする？」

「軽く食べてきたけど、峰岸は？」

「まだだ。一緒に食うかと思った」

「ごめん。じゃ、ここで食べてけば？」

「そうだな」

喫茶店での簡単なメシを一人で食う、か。

それもまた寂しいことだ。

大杉のアイスティーを運んで来たウエイトレスに、コーヒーとパスタを注文する。

「ここ、よく使うでしょう？」

「ん？」

タバコを取り出した俺に、大杉はまた笑った。

「喫煙できる店って少ないものね」

「ああ、まあな。住みづらい世の中だ」

「昔っからヘビースモーカーだもんね。俺の部屋でも平気で吸うから、タバコの匂いが付いて困ったよ」

「そんなこと言ってなかったじゃねぇか」

「だってあの頃は嫌われたくなかったもの」

では今それを口にするのは、嫌われてもいいと思ってるってことか？

「城島さんは吸わないんだ」

「そんな感じだな」

パスタが思っていたよりもすぐに出てきたので、食いながら話を続ける。

「今日はもう仕事は終わりなのか」

「うん。早番だったから。そっちは？」

「俺は自由がきくからな」

「社長だから？」

「ああ」

「あの頃…、会社を起こすなんて全然言ってなかったね」

もう考えてはいた。

お前に伝える機会を逸《いっ》しただけで。

「言う前にいなくなっただけだ」

「言ってくれるつもりはあったの？」

「一緒にやろうと言うつもりだった」

「またそんなこと言って」

本当なのに軽く流される。

「峰岸は本当に口が上手いよね。俺はいつも騙されてばっかりだった」

「人聞きが悪いな」

昔のことは口にしないのが約束なのに、大杉は続けた。

「だって本当のことじゃない。随分振り回された気がする」

だがもう笑ってはいなかった。

「あの頃は、峰岸の言葉が全てだったから、一喜一憂して、疲れたな」

「今、意趣返《いしゅがえ》ししたいと思ってんのか？」

「別に。ただ、今は城島さんがいるから余裕ができた。あの人は何をしても許してくれるし、優しいし。遊んでることは知ってるみたいだけど、俺が必ず帰るってわかってるから何も言わないでいてくれる」

それは昔のお前だ。

そしてお前は昔の俺か。

「最初からこういう付き合いにしとけばよかったって後悔してる」

「こういう付き合い?」

「必要な時だけ連絡して、一緒にいる時間だけ楽しんで別れればいいってこと。深くかかわらなければ峰岸は楽しいもの」

都合のいい相手か。

「峰岸も気が楽でしょう?」

そんなわけがない。

今はお前に振り回されてる。

だがそれをこちらからは言えない。

「かもな」

とごまかすだけだ。

「よかった。それなら俺達は上手くやれるね」

「それでいいのか?」

「もちろん。だって峰岸は遊び慣れてるから、揉め事も起こさないでしょう?」

質の悪い再現フィルムのように、苦い記憶を揺り起こされる。

それは俺が女達に求めていたもの。

俺には大杉がいるから、一時の遊びだけで終われる相手としか付き合わなかった。もしかしたら、その女達の中に、今の自分と同じ思いをしていたヤツがいたのかも知れない。

「食べたらホテル行こうね」

大杉は笑う。

「でも泊まれないから」

遊び慣れたような口を利いて。

「わかってるよ、あいつんとこに帰るんだろ?」

「うん」

これはあの頃の大杉とは違う。

なのに俺は離れられない。

記憶の中の大杉は偶像になり、現実との齟齬《そご》が出ているとわかっているのに、まだ夢を見ているんだろうか?

今目の前にいるこいつも、いつかあの頃のように俺を愛してくれると。

いいや、違うな…。

どんなに変わっていても、俺の中のこっ恥ずかしい『恋心』ってヤツが、こいつを手放せないと泣くのだ。

どんなにしたたかな笑みを浮かべるようになっても、こいつが大杉である限り嫌いになる理由がないのだ。

「いいホテルに連れてってやるよ。遊びならとことん楽しまなきゃな」

彼が変わるなら、それに合わせてやる。

「そこらのラブホでいいのに」

「遠慮すんな。俺だって楽しむ時には楽しみたいのさ」

お前を、安っぽく扱いたくない。

いつか思い出した時に、そんなに悪い思い出じゃなかったってことにさせたい。

「そう？　峰岸がそれがいいならそれでもいいけど」

「そういえば、いいもんやるよ」

「何？」

「お前、この画家好きだっただろう」

ポケットから取り出した、包装もしていないピルケース。

表面にはあの頃連れて行った展覧会のアールヌーボーの作家の絵が描かれていた。

「あ、ミュシャ」

「仕事のサンプルで貰ったんだ」

「サンプル？」

「引き出物さ」

「へえ。今、こんなのも配るんだ」

違う。

お前が好きだったのを思い出して買いに行ったんだ。わざわざ買ったプレゼントだと重いだろうから、包装も剥がして持ってきたんだ。

「元はタダだから気にすんな」

「ありがとう。じゃ、遠慮なく」

両手で大事そうに包んだ小さなピルケースに視線を落としたまま、彼は口元を綻《ほころ》ばせた。無意識なのだろうか、いい表情だった。

ああ、昔もこんな顔をしたな。

「でももうこんなことしないでいいからね。俺達はそういう関係じゃないんだから。口説かれても俺には城島さんがいるし、無駄ダマだよ」

だがそれも一瞬だ。

困るというより、からかうような口調でそう言う顔は、高慢な笑みだった。

「わかってるよ。こいつはついでだ」

「…ん、それならいい。あ、ちょっと待って」

大杉の携帯が鳴って、彼の視線が逸れる。

通話ではなくメールだったのだろう、取り出した携帯の画面を凝視する。

「仕事か？」

「ううん、城島さん。噂をすれば影だね。今日は何時に帰ってくるかって。…返事するから待っててね」

「一服してるよ」

ああ…。

本当にあの男さえいなければ、俺はすぐにでも、もう一度やり直そうと言うのに。

みっともなくてもいいから、もう一度考えてくれ、ずっと忘れられなかったと言えるのに。

「用事があるみたいだから、終電までには帰る」

「じゃ、もう行くか」

「うん。早く済ませて早く帰らないと」

俺のやったプレゼントは、彼のポケットに滑り落ちた。

伝票を持って立ち上がり、店を出て近くのホテルへ向かう。

「あんまりいいところじゃなくていいよ」

「誰かに見られても、普通のホテルならオトコに言い訳がきくだろ」

「気を遣ってくれるんだ」

「遊びのルールさ」

「やっぱり遊ぶなら慣れた人だね」

大人になるということは、嘘が上手くなることだ。

他人に対しても、自分に対しても。

それを強く実感した。

「そうだろう?」

俺は笑っていたから。

恨み事一つ、情けない言葉一つ口にせず、上手く笑っていたから…。


「最近、遊んでないみたいね」

ホテルのブライダルフェアの企画の、最終チェックをしている最中に洋子が言った。

「何だそれ?」

企画は、パネルの展示と、パソコンを使って今までの式の中でこれはと思うものを映像として見せるというのをメインにすることになり、その画像のチェックをしている最中だった。

「だって、以前は電話すると夜は大抵飲みに行った先で応対してたじゃない。でもここのところ何時かけても家で受けてるみたいだし」

「仕事が色々忙しいからな」

「本当?　本命できたんじゃないの?」

「できてたら、毎日そいつんとこへ通うよ」

「それもそうか」

本命はいる。

だがそれを口にはできない。

「じゃあさ、ブルーグラス知ってるでしょう?」

「ブライダルエステをやってるとこだろ。取引先なんだから知ってるに決まってる」

「あそこの受付で、前島《まえじま》さんって娘がいたの覚えてる?」

言われてその顔を思い浮かべる。

確か睫毛の長い、唇のぽってりとした女だった。

「ああ。美人だった」

「彼女が峰岸くんのこと好きみたいなんだけど、どう?」

「『どう?』って何だよ」

「決まってるでしょ、付き合ってみないかってこと」

大杉と再会する前ならば、考えてみただろう。だが今はそんなことは考えられなかった。

「ダメだな」

「どうして?」

「仕事の相手はモメると困る」

「モメなきゃいいじゃない」

「俺は本気にはならない。遊びで付き合えば、いつかはモメるだろ」

「どうして本気にならないの？　凄くいい娘よ？」

「結婚なんて面倒だ」

「それがウエディングプランナーの社長が言うセリフ？」

「じゃ言い直そう。俺は純情だからな、初恋が忘れられないんだ」

彼女は何を言い直すのかと、鼻先で笑い飛ばした。

「峰岸が純情なら、私は乙女よ」

「どうとでも。うちはウェディングプランを売る会社で、結婚相手を世話してるわけじゃない。断っとけ。ああ、それで思い出した。今度結婚相談所とコラボ企画をしようと思うんだが、どうだ？」

彼女の追及をはぐらかすために、仕事の話を振る。

「結婚相談所と？　何するの？」

「今回のコードホテルの企画を丸のまま持って行くのさ。結婚したい男女に、結婚式はいいぞって売り込む。女は雰囲気の生き物だからな、こんな素敵な式が挙げられるなら…、って心が動くだろう？」

「そんなに単純じゃないわよ」

「揺れてる最中なら結婚する側に落ちるかも知れない」

「うん、まあ、それくらいは…」

「結婚相談所としても、結婚成立カップルの数が増えて欲しいから、結婚を促すためのイベントは歓迎だそうだ」

「もう話を通したの?」

「この間何軒か回った。お見合い企画の時にショーアップして見せる。女には夢を売り、男には式にかかる現実的な費用を提示して安心させてやる」

「…悪くないんじゃない?」

彼女のＯＫが出たところで、丁度磯野ダンナが入ってきた。

「洋子、お客様。ドレスのサイズアップの相談だって」

ドレスレンタルは彼女の担当なので、洋子は「また? 幸せ太りって困るわ」とブツブツ言いながら出て行った。

「それ、ホテルの企画?」

代わって俺の前には磯野ダンナが腰を下ろす。

「ああ」

「当日の担当、誰にする?」

「ドレスは外せないから、洋子は借りたいな。それと、有田も連れて行く。俺も行くよ」

「俺は？」

「ホテルウエディングがメインになるから、料理はホテルのをプッシュしろって言われるだろう。今回は別にいい」

「そうか…」

何か納得しないような返事に、俺は顔を上げた。

「何だ、参加したいのか？」

「いや、そうじゃないけど…」

磯野はチラッと戸口を見た。

誰か入って来ないかと気にしている様子だった。

「言いたいことがあるなら聞くぜ。磯野は俺の大事なパートナーだからな」

「そう思ってくれるんだ」

「当たり前だ。立ち上げからずっと手伝ってもらってるし、元々磯野達と知り合わなかったら、この会社をやってなかったかも知れないしな」

「じゃ、くだらないことを言うけど、いいかな？」

俺はテーブルの上で開いていたノートパソコンを閉じた。真面目に聞く、という意思表示のつもりで。

「どうぞ」

促すと、磯野は上目遣いで俺を見た。

「…峰岸、洋子のことが好きってことはないよな?」

一瞬、あまりに意外な質問に驚いた。

今更彼からこんな質問が出るとは思っていなかったからだ。

「俺が? 洋子を? あり得ない」

「でも、彼女と話すことが多いし、峰岸は決まった相手もいないし…。女の子達が洋子狙いなんじゃないかって…」

女の子というのは、受付に座ってる連中だろう。

「くだらないことを。ドレスに関しては彼女が一番のエキスパートだから重用してるだけだ」

「本当に?」

「ああ」

人の誤解は意外なところから生まれるものだ。

俺が洋子をどうこうするなんて、考えたこともないのに。

「洋子や他の連中には絶対言わないと約束するなら、磯野を安心させてやってもいいぞ」

「何?」

「他言無用と約束するか?」

「ああ、もちろん。峰岸がそう言うなら」

磯野は実直な男だ。信頼していいだろう。

「俺は惚れたヤツがいるから、他のヤツには興味がない」

「え？」

今度は磯野が驚く番だった。

「誰？」

「磯野の知らないヤツだ。会社にも関係ない」

「結婚するのかい？」

「いいや」

それだけは、相手がイエスと言ってもできないことだから、苦笑した。

「望みは薄いのに、ケツを追っかけてる。だからみっともなくて他人には言えない。だがあらぬ疑いをかけられるくらいなら、あんたには教えておくよ」

「望みが薄いなんて…。峰岸だったら上手く行くんじゃないか？」

慰めの言葉に、俺は首を横に振った。

「無理だ」

言葉にしてしまうと、胸が締め付けられる。

「どうして？」

「向こうに相手がいる。そいつと幸せなんだそうだ」

自分の中だけで考えていた時には、何とかなるかもという希望や、別に気にしてないという嘘で流していたものが、声にして、音にすると、キツイ。

「…不倫?」

「まあそんなもんかな。俺も忘れようとは思うんだが、忘れられないんだ」

このことを、他人に言うのは初めてだった。

言ってもどうにもならないことだ。特に、磯野に言っても仕方ない。だからこそ、告白するには適した相手なのかも知れない。

「意外だな…。峰岸なら力ずくで奪いに行くかと思ってた」

「昔、一度付き合ってたんだ。その時にあんまりいい恋人じゃなかった。でも今の男は優しくて、よくしてくれるらしい。今はまだ忘れられないが、いつかは忘れるだろう。その時まで、他のヤツのことなんか目に入らない。…さっき洋子にはエステの女を紹介されそうになったが、同じことを言ったよ」

「エステの女?」

「俺に気があるから付き合ってみないかって」

「…それであいつ、峰岸に彼女がいるのかって気にしてたのか」

「何だ、そのことでも疑ってたのか?」

指摘すると、磯野は顔を赤くして頭を掻いた。

「峰岸は顔がよくて精力的な外見だし、肉食系だから。色々手を出してるんじゃないかって思うのさ。あちこちに彼女がいる、みたいな」

「それで自分の女房に噛み付かれたらたまんねぇって？」

「…ああ」

彼は素直に頷いた。

「安心しろ、俺の好みはもっとおとなしいヤツだ。俺がバカやっても、後ろで微笑って待っててくれるような、な」

「古風だな」

「それでやり過ぎて失敗した。…大切にしてやりゃあよかったな。してやったつもりだったが、相手が『大切にされてる』って思えるような、わかりやすい優しさをくれてやればよかった」

後悔してもし足りない。

何度も何度も同じことを後悔している。

あの時、あいつに応えていればと。いや、最初から、大杉に惚れてる自分を自覚してからずっとあいつ一人に絞っていればよかった。

今もまたその悪いループにはまりそうになって、俺は意識を切り替えた。

「ま、そんなわけだから、洋子を相手にするってことはねぇよ、安心しな。ついでに俺の失恋については秘密に頼むな」

「わかった。約束する。男のが女より純愛だからな、突つかれたくないよな」

「その通り」

「悪かったよ、変なこと言って。午後からお客を連れて会場のレストランに行ってくるが、何かあったら連絡くれ」

「じゃあな」

磯野は少し楽になったような顔で、部屋を出て行った。

一人残り、再びパソコンを開けて、ファイルの続きに目を通す。

…誰かが言っていたっけ。女は一つの恋が終わると、角を曲がって後ろを振り向かない。だが男は真っすぐな道を進むから、何度も何度も振り向いて過去を見てしまうのだと。

俺の恋は、後ろにも残っているが、隣にもいる。

前を見ても、後ろを見ても、同じものを見るしかない。

なのに前も後ろも手に入らないのだから始末が悪い。

今の大杉は、以前よりも明るくて、物事をはっきり言うようになっていた。恋愛にも軽くなったし、儚さもない。

だが、あのピルケースを渡した時、大切そうに受け取って微笑んだ顔を見ると、どうしてもあいつが変わったとは思えなかった。

ただそのベクトルが俺に向いていないというだけで…。

「いかん、いかん。仕事に集中しなけりゃな」

モニターに映し出される他人の幸福。

こいつを守ろう、この人に付いて行こうと、心に決めて手を取った姿。

全てが円満に続くわけではないだろう。いつかは破綻する者もいるかも知れない。だが、この二人は確かに手を取り合った証拠が、こうして残っている。

だが俺にはそれがない。

だからきっと余計に後悔が消えないのだろう。

大杉に嫌われたから別れたというわけではない、というのも後ろ髪引かれる理由だ。

中途半端な恋。

中途半端な失恋。

「俺は恋愛がヘタなのかも知れんなぁ…」

遊び慣れていても、本気と遊びはやっぱり別だった。


都心の駅ビルに隣接した商業ビルの上に、そのホテルはあった。

四階まではショップやレストランが入り、五階がロビー。

ラウンジは吹き抜けで、観葉植物の置かれた広いフロアは、商業施設からやって来る客も狙ったカフェバーのようになっている。

夜になると簡単な酒が出るので、ホテルデートに誘って酔わせて、一泊させるというコースを用意したつもりなのだろう。

立ち入り難い高級感はなく、ふらりと入って来易い。だが、ビジネスホテルのような安っぽさはなく、女がくらっとくる都会的なスタイリッシュさはキープしている。

コードホテルは、そんなホテルだった。

簡単に言えば、中庸《ちゅうよう》なホテル、だ。

駅からすぐという利便性があるので、出張ビジネスマンによかろうと思うのだが、それには高すぎる。

都会の夜景を楽しみながらというカップルには、敷居が低すぎる。

外資の系列らしいが、何ともどっち付かずなコンセプトで造ったものだ。

経営もちょっとアテが外れてるんじゃないだろうか?

そんな弱みにテコ入れするために考えられたのが、このブライダルフェアだった。

駅のすぐ近くなので、遠方からやってくる親戚達にも都合がいい。田舎の連中には都会の小洒落たホテルで式を挙げると自慢できるというわけだ。

ホテル側にしても、花嫁花婿の宿泊もそうだが、遠くから来た親戚が全員一泊してくればありがたい。

「だったら、自分でアイデア練れよ」

と突っ込みたくなるのだが、取り敢えずアピールの場を貰ったことは感謝しよう。

「さっき、ホテルの人が来て、昼食用にって、レストランの割引チケットくれましたよ」

俺の独り言を聞いて、有田がフォローに入る。

「タダ券じゃないところがせちがらい」

「まあまあ、せちがらい世の中ですから」

本来結婚式を執《と》り行《おこな》うボールルームには、うちと同じようなウエディングプランナーの会社や、ドレスレンタル、エステ、美容院、旅行代理店などの会社がテーブルを並べている。

白いテーブル一つが各社のブース。

うちはピンクのバラに飾られ、結婚式のウエルカムボードよろしく『ローズキングダム』の社名を掲げている。

「洋子さんは？」

「今、ドレスを飾りに行ってる。場所取りが上手くできてなくて、戦いだってよ」

テーブルが並んだ反対側は、ドレスや引き出物なんかのサンプルを展示するスペースで、昨夜の搬入時から小競り合いが起きていた。

ホテルがしっかりとした割り振りをしなかったせいだ。

「何か、後手後手ですねぇ」

有田もそれを見ながら小さくタメ息をついた。

「他人に頼るところからしてそうだろ」

「聞こえますよ。ホテルの人がいるかも知れないでしょ」

有田はそう言うが、ホテルの人間は少ないようだ。

ロビーからこのボールルームへ客を案内する人間も、参加各社から出してくれと言うのだから。

「もうそろそろ開ける時間なのに、戻って来てくれないとドレスの説明困るなぁ」

「磯野も呼ぶか？」

「女の子のがいいと思うんですけど」

「手が空《あ》いてる者がいたら連れてこさせる」

俺はメールを送るために一旦テーブルから離れた。

フロアでは、どこの会社も最後の点検をしているようだが、皆ちょっとした不満を口にしているのが聞こえた。

「テーブル狭くない？　パンフ立てないと置けないよ？」

「ドレスの場所、あと一カ所譲ってもらえないかなぁ。うちはドレスがメインなんだしさ」

ってな具合だ。

フロアの隅まで行くと、俺は磯野にメールを送った。

『手が足りない。空きの女の子連れて向かってくれ。ドレス系に強いヤツを頼む』

本当は、磯野は呼ばなくてもよかったのだが、先日の一件があるので、無用な心配をさせぬよう、夫婦一緒に使ってやろうという優しさだった。

「峰岸」

送信のボタンを押した途端、磯野洋子が声をかけてくる。

「よう、どうだ?」

「戦ったわよ。うちは展示ドレス一点だから、正面スペースにグロリアドレスさんと一緒に飾らせてもらったわ」

自慢げに胸を張る洋子は、戦いの成果を見よ、という顔だった。

「ドレスオーダーができますってのも、『手作りのウエディング』の売りですからね」

彼女が指し示す先にある純白のウエディングドレスの中、一際目立つ着物をアレンジしたドレスがうちのだ。

「グロリアドレスが、持って来たのが白ばっかりだったんで、向こうとしても対比ができるからありがたいって」

「上手く交渉したな」

「当たり前でしょ。で、ウエディングベアは引き出物のコーナーに並べたわ。で、相談なんだけど、抽選箱を作って、プレゼントにしたらどうかしら?」

「プレゼント？」

「展示した後、希望者に抽選であげるのよ。当選者にはそのまま送付しますからって住所を聞き出せるでしょ？」

ウエディングベアというのは、クマのぬいぐるみのことだ。花嫁花婿の衣装を着せたぬいぐるみは、会場の飾りとして使った後、結婚の記念として家に飾れるようになっている。

昔は一年に一回結婚記念日に灯《とも》す巨大ロウソクなんかが記念品として渡されてたのだが、そんなことするヤツはいないし、置き場所はないし、不評だった。

そこでぬいぐるみに変えたのだ。

「女の子は絶対欲しがるもの。効果あるわよ。外れた人にはごめんなさいってことでパンフ送ればいいでしょ？」

「いいだろう。だが抽選の申込書なんて用意してないぞ？」

「今作る。じゃ、また後でね」

洋子は言うだけ言うとさっさと離れて行った。

バイタリティのある女だ。仕事相手としては頼もしい限りだが、やはり色恋の相手には考えられないな。

「峰岸さん、お久しぶりです」

彼女がいなくなると、見知りの業者の男性が近づいてきた。

「ああ、これはどうも」

「何か成果があればいいんですけど、難しそうですねえ」

いずれも同じ心配をしているようだ。

「ですね。後で不手際を理由に少し融通きかせるように言うつもりですが、乗りますか？」

「峰岸さんが言うなら乗りますよ。他の連中にも声かけましょうか？」

「頼みます」

「やあ、やっぱり峰岸さんは頼りになるなぁ」

波乱の幕開けとなったフェアだったが、俺にとっての波乱は、そんなことではなかった。


やはり立地のせいなのだろう、こちらの心配を他所に、フェアの客足は悪くはなかった。

結婚を真面目に考えて、というより買い物ついでにちょっと足を伸ばしたという人間が多いようだったが、それでも一度会場に足を踏み入れてしまえばそれなりに雰囲気に呑まれるようだ。

大抵は女性に引っ張られて、というようだから、ドレスをメインにした展示は正解だろう。

開場までには間に合わなかったが、磯野達もやって来て、客の応対に当たっていた。

俺は他社の代表とともに、今回のフェアの不手際をホテル側に申し入れた。

客足が上々で、会場でパンフレットを貰ったカップルがラウンジで検討を始めるという相乗効果もあり、『俺達のお陰で儲かっただろう』という押しがきいた。

大体からして、検討する無料スペースが用意されていないというのもマイナス面なのだが。

ホテル側は譲歩し、高すぎた参加費の一部を返金することで決着した。

フェアが動き出せば、特に俺がすることはない。

後は有田達に任せて、そろそろ帰ろうかと思っていた時、俺は会場に入ってきた一組のカップルに目を留めた。

特に変わったカップルではない。

女性は年のわりにはガーリーなワンピースが似合う、素朴な感じの女。だが俺が気に掛かったのは、その隣に立つ眼鏡をかけた穏やかそうな男だった。

顔は悪くないが、人目を惹くほどではないのに。

どこかで見たような気がする顔だ。

つい気になって、二人を目で追うと、彼等は丁度うちのカウンターに座った。

あれは本気のカップルだな。説明に応じた有田が、パンフレットを指で示しながら細かく説明をしている。

女は恥ずかしそうに遠慮していたが、男の方は何か気に入ったものがあったのだろう、質問を繰り返していた。

やがて二人が別のブースに移動すると、俺はテーブルの裏を回って有田に声をかけた。

「有田。今の二人の名前取ったか？」

「え？　あ、はい、名前だけは」

「ちょっと見せてくれ」

「どうぞ」

有田はアンケートを兼ねた見積もり表を差し出した。

女の名前は松田美喜《まつだみき》、男の名前は城島明《あきら》と記されていた。

「…城島」

その名前に、ハッとした。

そうだ。

あの男だ。

大杉と再会したあのバーで、彼と一緒にいた男。大杉の恋人ではないか。

脳裏に、あの時の情景が浮かび上がる。今、すぐ近くで女と笑いながら語らっている顔は、正にあの時大杉を『幸成』と呼んでいた男そのものだった。

「峰岸さん？」

「…これ、本人の結婚だと言ったか？」

「え？　ええ」

「どっちかの兄弟とか、ただ付き添いでついて来てるんじゃなく？」

俺の勢いに押されて、有田は戸惑った顔をしたが、肯定した。

「はい。年内に結婚したいみたいなことを言って、ドレスオーダーにはどれくらいかかるのかって訊いてきましたから。女性はもったいないって言ったんですけど、男性の方が乗り気で…」

大杉の、嬉しそうな笑顔が頭を過った。

あいつは、知っているのだろうか？

あの男は、大杉という相手がいながら結婚しようというのか？

ゲイなどには偽装で結婚する者もいると聞くが、視線の先にいる二人は、どう見ても恋愛中の男女だった。

二股かけているのか？

城島は、大杉が遊んでいるのを察しているようだと言っていた。

それでも許してくれる優しい人なのだと。

だがそれは、あの女がいるからではないだろうか？

結婚が決まったら、遊んだことを理由に大杉と別れるつもりなのでは…？

「峰岸さん、それ、もういいですか？」

「あ？　ああ。悪い」

俺はアンケート用紙を有田に返した。

「二人の住所は聞いてないのか?」

「こちらのパンフレットは渡しましたけど、住所までは。後でもう一度来るかも知れませんけど」

「そうか」

俺は周囲を見回し、洋子を見つけると彼女に近づいてその腕を取った。

「きゃ、何?」

驚いた彼女を、そのままフロアの隅へ引っ張る。

「お前、さっき言ってたプレゼントのアンケート作ったのか?」

「作ったわよ。テーブルに抽選箱設置してあったでしょ? 急ごしらえだったからちょっと見場は悪いけど、あれでも…」

「あそこにカップルがいるだろう」

俺は彼女の言葉を遮《さえぎ》り、城島達を指し示した。

「…ええ」

「あいつ等に声かけて応募させろ」

「はあ?」

「頼む、どうしても住所が知りたいんだ。お前なら上手くできるだろう?」

「…いいけど」

彼女は意味がわからないという顔をしたが、渋々と二人の方へ向かった。

着いていたテーブルから離れた二人組みの女性の方に、洋子が声を掛ける。クマが飾ってあったブースを指さして何かを言うと、女は嬉しそうに彼女から用紙を受け取った。

彼女は仕事をしてくれた。後はあの女が乗ってくれるかどうか、運を天に任せるだけだ。

本当なら、城島の住所が知りたいのだが、女のがわかれば何とかなるだろう。

俺は城島に気づかれないようにと、すぐにその場を離れた。こちらが気づいたのだ、向こうも気づいてしまうかも知れない。

有田には、メールで先に帰ると連絡だけ入れた。

ホテルを出て車でそのまま自宅のマンションへ向かった。

心の中で、色んな感情がせめぎ合う。

整理できない事柄を、一つ一つ順番に並べながら、もう一度考える。

あれは、確かに城島だ。はっきりと顔を覚えていたわけではないが、同じ名前であそこまで似ている人間などそうそうはいないだろう。

大杉は、彼を恋人だと紹介した。

城島は彼を『幸成』と呼び、特別な親しさを示していた。

大杉はあの男と暮らしていると言っていたし、確かにバーで会った時、『今日は先に帰っておく』とか何とか言っていた。

大杉は俺と遅くなる時は、必ずあの男にメールをしていた。城島から大杉にメールが入ることもしばしばだった。

二人が同居していることに嘘はないのだろう。

親密な関係であることも疑いようがない。

一方で、城島やあの女の態度からして二人の恋愛関係も結婚も、芝居や冗談ではないだろう。

ということは、城島は大杉と暮らしながらあの女と付き合っていたということになる。

大杉とこの間会ったのは先週の水曜だった。

彼は特に変わった様子も見えなかった。

この事実を、知っているのだろうか？　知らないままなのだろうか？

…知っていたら、あんな平気な顔ができるわけがない。

俺はマンションに着く前に、人気《ひとけ》のない道で車を停めた。

タバコを吸い、心を落ち着かせる。

なぜなら、自分の中に大杉を憐れみ、心配する気持ちと、これであいつはフリーになるという気持ちがぶつかり合っていたから。

やっと、優しい人に会えた、これで幸せになれると言っていた大杉の笑顔を守りたい。

だがあの男さえいなければあいつとやり直せるのに、という望みが叶った。

どちらの気持ちも、嘘いつわりのない正直な俺の心だ。

タバコの煙の向こうに、大杉の顔が浮かぶ。

このことを知らせたら、あいつはどんな顔をするだろう？

信じてくれないかも知れない。俺の言葉より城島を信じるかも知れない。だが事実を知らされるのはそう遠い日ではないはずだ。

その時に、俺が支えになると、今からアピールするだけで留めるか？

それとも、あいつを泣かせても事実を突き付けて、俺はずっとお前が好きだったのだと言って、奪ってしまうべきか？

「…クソッ」

今度こそ大杉を泣かせたくない。ただそれだけの思いで今日まで我慢した俺の忍耐を嗤《わら》うかのように、俺の千載一遇《せんざいいちぐう》のチャンスは、あいつの不幸と引き換えだった。


週末、ホテルのブライダルフェアの間、俺はずっと悩んでいた。

いっそもう一度城島が来たら、素知らぬ顔で少し突っ込んだ質問をしてみようかと、毎日会場に通い、彼を待った。

そして最終日、再び彼等は姿を現した。

当然だが、城島の連れていた女は先日の女だった。

「城島さん、ですよね？」

俺は怒りに巻かれそうな心を抑え、営業用の笑顔で彼に声をかけた。

城島は俺を覚えていないようで、一瞬、怪訝《けげん》そうな顔をした。

「失礼ですが、どちら様ですか…？」

「覚えていらっしゃいませんか？　以前バーでお会いしたんですが。大杉の大学時代の友人です」

大杉の名前を聞いて、女の前でどんな態度を取る？

うろたえるか？

知らないと言うか？

どちらでもなかった。

城島は思い出したという顔で、にっこりと笑ったのだ。

「ああ、幸成の。すいません、失念していて」

女の前で、あいつの名前を出すのか？

「美喜、こちら幸成のお友達の方だよ」

しかも女に俺を紹介するのか？

女は少し戸惑っていたが、意味がわからないというふうでもなかった。

「幸成くんの？」

「こちらの方もご存じなんですか？」

疑問を胸に、まだ笑顔を絶やさずに訊く。

「あ、はい。あの、何度かお会いしてます」

「では三人ともお友達なんですね」

「あれ、幸成から聞いていないんですか?」

城島は『友人』を否定する言葉を口にした。

でどういう関係だと言うつもりなんだ。

「じゃあ、改めましてですね。幸成の従兄弟《いとこ》の城島といいます」

…え?

「いつも幸成がお世話になってます」

「やだ、明さんったら、お父さんみたい」

「お父さんは酷いな。兄貴ぐらいにしといてくれよ」

「だって言い方がおじさんっぽいんだもの」

目の前で二人は、いちゃつくカップルそのものの会話をしていた。だが俺は知らされた城島の関係を咀嚼《そしゃく》するので精一杯だった。

従兄弟?

恋人ではないのか?

「あの…。あいつ、あなたと同居してると…」

「ええ、そうです」

「立ち入ったことを伺うようですが、彼のご両親のことは…」

城島の顔が一瞬曇る。

「ご存じなんですか?」

俺は頷いた。

「少しそのことで伺いたいんですが、お時間いただけますか?」

彼は連れを振り向いた。

「…何だかわかんないけど、幸成くんのことで話があるのね。いいよ、行ってきても。私ここで見て待ってるから」

「ごめん。後でゆっくり話すよ」

俺は目の前に座ってる有田を見た。

「有田。お連れさんをお借りするから、その間こちらのお嬢さんにサンプルビデオ見せてさしあげてくれ」

それから振り向いて、城島に、自分がここにいる説明をした。

「ここの人間なんですよ。少しは融通できますよ」

得体の知れない男ではないから、という意味も込めて。

そのまま俺は城島を伴ってイベントフロアを出ると、廊下に設《しつら》えられたソファに並んで腰を下ろした。

一番端の、人目につかないところで、名刺を差し出す。込み入った話を訊きたいから、身分を証明するためにも。

「改めまして、私こういう者です」

「社長さん…、ですか」

彼の顔が別の意味で驚きを見せる。

「まあ小さいところですが」

この男は感情に素直な人間なんだな。表情に出るタイプだ。

「いえ、とんでもない。ご立派で」

「実は、大杉のことは気になってたんですけれど、あいつ自分のことをあんまり言わないので。ほら、ご両親が借金残して亡くなったでしょう?」

知ってる事実を提示して、興味本位ではないのだと伝える。

「ご存じなんですね。ええ、そうです」

「連絡も取れなくて心配してたんですよ」

「でも今お会いになってるのでは? あいつ、よく峰岸さんと飲んでるって…。あ、お顔は覚えてなかったんですが、よくお名前は」

彼が打っていたメールは嘘ではなくこの男に届いていたわけだ。

「ええ。その時にも色々尋ねたんですけど、あまり辛いことは話してくれなくて。でも友人として心配なんです。あいつ、溜め込むところがあるから」

俺は嘘が上手い。

そして芝居も上手いのだ。

「幸成は我慢強い子ですから。きっとお友達に心配かけたくなかったんでしょう」

城島の口調は恋人のものではなかった。

「確かに伯父達の借金はありました。でも去年完済したんです」

「そうですか、それはよかった。では今まで大杉はあなたのところに？」

「ええ。一人にしておくのが心配で。当時はかなり落ち込んでましたから」

「でしょうね、わかります。でもよかった、大杉はずっと側に頼れる人がいたんですね。安心しました」

これはどういうことだ？

「いや、頼れるなんて。ただ同居してるだけですから」

この男は恋人ではない。

「城島さんは先ほどの方と…？」

「え？　ああ、まあ。こういうところに来てるんですから隠す必要もないですね」

幸福そうに照れる顔。

大杉を語る時とは全く違う表情が、大杉との関係を示している。城島の恋心は大杉ではなくあの女にあるのだと。

「ああ、俺がこんなことを尋ねたことは、どうかあいつには黙っててください。俺に言わなかったってことは聞かせたくなかったんだと思いますし。だから気になっても本人には訊けなかったんですよ」

「…デリケートな問題ですからね」

「ええ。いや、本当にあいつがまだ困ってるんなら、友人として手を貸したいとも思ってたんです。完済してたんなら、変なこと言わなくてよかった」

なぜ…、嘘をついた。

「幸成は、今まであまり外に出ることもなかったんです。昔のお友達と連絡も取らないで。きっと両親のことを気にしてたんでしょうね。恋人も作らず、本当にただ働くばかりで。最近は峰岸さんに誘われて出掛けてたようですけど、実は疑ってたんです」

「疑う？」

「俺が彼女とデートする時に合わせて出て行くもんだから、ひょっとして気を遣ってるんじゃないかなって」

「大丈夫、ちゃんと俺と会ってます」

「そうですか、よかった。じゃあしつこくメールしなければよかったな。本当にお友達と会ってるのか、一人でふらふらしてるんじゃないかって、どこにいるとか何時に戻るってうるさく訊いちゃって…」

「ええ。私も最初恋人からのメールかと思ってましたよ」

「いや、あれは俺です。すみません、楽しんでる最中に」

彼は恐縮して頭を下げた。

「いいえ、お気になさらず。それより、これも縁ですから、もし我が社をご利用いただけるようでしたら、勉強させていただきますよ。ああ、これも大杉には内緒ですが」

大杉には恋人がいない。この男は恋人ではない。

その事実を知って、浮かれるより先に疑問だけが頭の中に広がった。

どうして？

どうしてそんな嘘をついた？

しかも最初だけじゃない、ずっとその嘘をつき続ける必要が、どこにあった？

城島は、何も知らない。

俺達の関係も、あいつがこの人を恋人に仕立て上げていたことも。

事実が知りたければ、大杉に訊くしかない。これ以上この男と話しても、わかることは何もないだろう。

「じゃあそろそろ戻りましょうか。奥様が退屈してるでしょう」

「いや、まだ奥様は早いですよ」

会わなければ。

大杉に会って訊かなければ。

なぜお前はそんな嘘をつく必要があったのか、と。


城島を恋人と信じ込んでいた時、何度もあいつさえいなければと思っていた。

あの男が大杉を幸福にすると思ったから、我慢したのだ。もしあの男がいなければ、俺が大杉を手に入れるのに、と。

だがその忍耐は無意味なものだった。

大杉には恋人などいない。城島の言葉からすると、彼以外にもそれらしい存在はいないだろう。

では何故そんな嘘をついた？

あの電話の時まで、俺達はいい関係だった。

俺のワガママで傷付けたことは認めるが、それでもずっと側にいてくれたではないか。

ケンカしたわけではない、フラれたわけでもない。

だからこそ忘れ難かったのだ。

そういえば、再会した時に洋子を俺の妻だと誤解するようなことを言っていた。それが原因だろうか?

俺が結婚していると思ったから、恋人がいると嘘をついて身を引いたのかも。

一度ついた嘘を打ち消せなくて、今日まで来ているのかも。

だとしたら、一刻も早くそんな必要はないと言ってやりたかった。

お前に恋人がいないのなら、俺は今すぐにでもお前を迎えたいと思ってるのだから。

次に会ったら、そのことを告げよう。

昔の関係に戻ろう。もう嘘などつかなくてもいいのだと。

何度も俺と会って、何度も抱かれているのだ。あいつだってきっとまだ俺に心が残っているに違いない。

俺達はきっと上手くゆく。

俺は大杉からの連絡を待った。

けれど彼からの電話はないままだった。

毎日携帯電話を取り出し、着信をチェックする。

アドレス帳に記された彼の電話番号を呼び出し、確認しては消す。

約束では、俺からは連絡してはいけないことになっていた。彼との約束は破りたくはない。だがこうしている間に城島が俺と会ったことを先にあいつに伝えてしまったら、また話がこじれるんじやないかと不安になった。

事実を知ったことは、自分の口から伝えたい。

そしてちゃんと告白もしてやりたい。

そう考え、思い切って俺は携帯のボタンを押した。

コール音が聞こえ、彼を呼び出す。

一回、二回…。相手が俺だとわかっているからか、何かあったのか、大杉はなかなか出てくれなかった。

一旦切って、もう一度かける。

今度は十回ほど呼び出してから声が聞こえた。

『…はい』

「大杉?」

『…そっちから電話されると困ると言ったはずだけど?』

不機嫌な声。

だが怯《ひる》まない。

「わかってる。だがどうしても話したいことがあるんだ」

『話したいこと? 何?』

「会って、直接話したい」

『すぐには無理。今忙しいから』

「なら、お前の都合のいい時でいい」

大杉は考えるように沈黙した。

そんなに忙しいんだろうか？　仕事中だったかな。俺はあいつの仕事のシフトも知らない。

『…明日なら』

数秒経ってから、彼は答えた。

『明日の夜ならいいよ。あまり長い時間は取れないけど』

「それでいい」

『じゃあ八時に、この間の喫茶店で』

「わかった」

『ただ話すだけだから。変な期待はしないでよ』

「ああ。それじゃ明日」

電話を切ると、少しほっとした。彼がこちらからかけた電話を、そう怒っていなかったことと、忙しくても俺に会う時間を作ってくれたことに。

あいつの向こうに他の男の影がないとわかったから、余計安堵《あんど》していた。

「明日、か…」

考えると、気分は昂揚してきた。

今度こそ、俺が大杉を幸福にしてやろう。昔のように酷い真似はしないで、大切にしてやると言ってやろう。

自分の失態を挽回《ばんかい》できるチャンスに。大杉に手が届くチャンスに酔っていた。

明日、大杉と会った時のことを思って。

彼が、俺の言葉にきっと喜ぶだろうと思って。


何度か待ち合わせに使った喫茶店で、今度は俺の方が先に着いて待っていた。

それでも約束の時間よりも早く、彼は姿を現した。

「話って何？」

「ここじゃ言えない。ホテルへ行こう」

「…今日は寝ないよ。今、忙しいんだ」

彼は露骨に嫌そうな顔をした。

「寝たいわけじゃない。約束したろう？　ただ込み入った話になるから、人目があるところじゃマズイだけだ」

「本当に？」

「お前が嫌がるなら、無理にするわけがない」

「…わかった。いいよ、付き合う」

彼がまだ何もオーダーしないうちに、店を後にして、ホテルへと向かう。

ホントに今日はするつもりはなかった。きっと泣いて、出来るような雰囲気じゃないだろう。ただ大杉がちゃんと泣けるように、人目から遠ざけてやりたいだけだった。

先にチェックインしていたので、フロントに寄らずにエレベーターに乗り、部屋へ入る。

「何か飲むか？」

「いらない。それで話って？」

俺はその気がないと示すつもりで、ベッドではなく椅子に腰を下ろした。

大杉もそれに倣《なら》ってテーブルを挟んだ向かい側へ座る。

「城島さんと会ったよ」

「…え？」

あの男は『言わない』という約束を守ったのだろう、大杉は驚いた顔をした。

「ブライダルフェアに、彼女と来てた。結婚するらしいな」

返事はない。

だが視線は逸らされた。

「従兄弟なんだって？」

これにも答えはない。

「本人から直接聞いた」

「…どうして？」

「俺はお前の嘘に引っ掛かって、あの男がお前を裏切ってるんじゃないかと心配したからだ」

「俺達のこと、城島さんに話したの…？」

「そんなことするわけがない。友人だ、と名乗ったよ。実際そう言って一度会ってるしな」

下を向いたまま、大杉は動かなくなった。

「どうしてあんな嘘を言ったんだ？」

彫像のようにピクリともしない。

「しかも何時も何度も。演技までして」

俯いた顔では表情すら読み取れない。

「怒ってるんじゃない。理由が知りたいだけだ。どうして従兄弟を恋人だなんて嘘をついんだ？」

暫く彼はそのままでいたが、ふいにすっと顔を上げた。

「その方が後腐れがないからだよ」

今の、再会してからよく見せる、冷たい笑顔を浮かべて。

「相手がいると言った方が、楽に付き合えるだろう？」

「俺はそんなことは気にしない」

「へぇ、相手がいてもいなくても同じなんだ」

「そうじゃない」

俺は身を乗り出して彼を見た。

やっと。言える。

ずっと心に抱いていた気持ちを、やっと本人に告げられる。

「俺はお前が好きなんだ」

きっと喜ぶと思った。

昔と同じ笑顔で応えてくれると思った。

「お前に相手がいてもいなくても、その気持ちは変わらない。そういうつもりで言ったんだ。むしろ相手がいないいなら丁度いい。もう一度俺のものになってくれ」

だが、彼が見せたのは、蔑《さげす》むような歪んだ表情だった。

「何それ…」

「悪い冗談だ」

冷たい声。

「冗談なんかじゃない」

「冗談にしか聞こえない！」

「大杉」

綺麗な顔が、歪んだまま嗤う。

「何で今頃言うの？　フリーだってわかったから？　面倒がなくなったから？」

どうしてそんな顔をするんだ。

「違う。今まで言わなかったのは、お前が城島と幸福だと言ったからだ。お前の幸せを壊す気になれなかったからだ。だがお前が独り身なら、壊れる幸福もないんだろう？　いや、今度こそ、俺が幸せにしてやる。もう一度昔のように付き合おう」

「昔のように？」

大杉は声を上げて笑った。

それから、背筋を伸ばし、俺を見た。

「昔のように苦しむのはもう嫌だ」

「大杉？」

噛み付くような視線。

彼の中の怒りが見えるような声の響き。

「言っただろう？　俺はみんな知ってたって。そうだよ、全部知ってたんだ。峰岸が他に付き合ってる女の子がいるのも、その娘達を優先させて俺との約束を破ったことも」

「違うそれは…」

お前の反応を見たかっただけだ。

俺に翻弄《ほんろう》されるお前が愛しかったから。

だが流石にその言葉は最後まで口にすることができなかった。己の身勝手さが後ろめたくて。

「峰岸だけが好きだから、峰岸のことしか考えられなかった。だから峰岸の言葉に振り回されて、峰岸の行動に苦しんで…。お前が来るのを部屋で一人でずっと待っている生活に戻る？　冗談じゃない」

「…大杉」

知って…、いたのか。

全て知っていたのか。

「またお前と遊んだ女の子達が俺のところへ来てそれを自慢するのを聞かされるのか？　自分と約束した日に何をしていたか他人から聞かされ、お前からは嘘の言い訳を告げられる。来る日も来る日も、僅かな幸福だけを探してそれで満足しなくちゃならないような日々を過ごせと？」

「違うんだ。俺は本当にお前が好きだった。酷いことをしたのは認める。苦しめたことも詫《わ》びる。だがお前だけを本当に愛してた」

「追っても来なかったのに？」

バカにしたように言われて、少しムッとした。

「探したさ。お前の勤め先にも、家にも行った」

追いかけた、と思っていたから。

だが彼はそれを軽く流した。

「へえ、よく家がわかったね。一度も実家がどこにあるかも訊かなかったのに」

「…会社で聞いた」

「その程度だよね。自分の知ってる糸を辿るだけで終わりだったんだろう？　俺はずっと親戚の家にいた。本気で探せば見つけられただろう。でも峰岸は来なかった。今だってそうだ」

「今？」

「城島さんと会ったなら、どうして家まで来なかったの？　そこに俺はいるのに」

「お前と直接二人きりで話したかったからだ」

全部本当のことなのに、言葉が空しく彼の上を過ぎてゆくのが見える。

大杉は俺の言葉など聞いてはいない。

「峰岸は、俺に上手くやるから遊ぼうって言ったんだよ」

「それはさっきも言った通り、お前に恋人がいると思ったから…」

「俺に恋人がいると思ってても、遊びの相手にしたんだろう？」

「違う。それでもいいからお前が欲しかっただけだ」

「だからこれは遊びの関係だ。遊びだったら、俺も傷つかなくて済む。だから始めたんだ。恋人だなんて言うなら付き合わない」

「どうしてだ？　お前だって俺が好きだから抱かれたんだろう」

言ってしまってから、それは言ってはいけない言葉だったのではと思った。

恋人のいない大杉が身体を許したのは、愛情が、せめて好意があったと思うから言ったのだが、それを聞いた途端、また彼の表情が変わった。

「…そうだね。好き『だった』よ。寝てもいいくらいには。峰岸と同じさ。いい大人だから、捌け口は欲しかった。でも誰でもいいわけじゃないから、峰岸を利用したんだ」

それが嘘なのか本当なのか、もう俺にはわからなかった。

彼の考えていたことが、感じていたことが、自分の想像と悉《ことごと》く違っていたから。

「でももうこれで終わり。面倒は嫌だから」

「何言ってるんだ、俺は…！」

「恋人って言葉で縛られて、好き勝手されるのはもう沢山。遊びなら、俺からだって捨てられるんだよ？」

苦しい。

気持ちが上手く伝えられないことが苦しい。

だが俺が、それを言うことは許されなかった。

たとえ過去であったとしても、ここまで彼を傷付けていた自分には。

「もう電話は掛けて来ないで。電話、嫌いなんだ」

「…俺は本当にお前を愛してるんだ」

「そう?　ありがとう。でも俺は愛してないから」

「…大杉」

呻くように彼の名前を呼ぶと、何故か大杉は笑った。

「峰岸なら、すぐに代わりの相手が見つかるよ。愛される人だもの。俺なんかにちょっかい出してないで、もっとちゃんとした人を選ぶんだね。…俺もそうする」

答えは聞いた、真実は知った。

なのに俺の手は彼に届かない。

俺のために離れたのではなく、傷ついた自分を守るために俺から逃げたのだという彼に、手が伸ばせない。

「さよなら」

今度ははっきりと、彼は別れを口にした。

立ち上がり、背を向けて俺から離れてゆく。

追いかけたいのに、言い訳だって山ほどあるのに、俺は動けなかった。

自分でも驚くほど、打ちのめされていたから。

吐き気がするほど、自分が最低な男だったと自覚したから。

小さく鼻をすする音が聞こえても、呆然としていた。

「…違う」

自分だけが悲しくて。

「違うんだ…」

ドアの閉まる音に全ての終わりを実感して。


何もする気が起きなかった。

会社も三日ほど休んでしまった。

何をしたらいいのかもわからなくて、したいことも思いつかなかった。

何度か会社から電話があったが、体調が悪いの一点張りで、顔も出さなかった。

何が悪いのか、なんて言わない。俺が悪いのだ。

あいつを幸せにすると言いながら、俺が一番あいつを傷付けていたという事実に、心が負けた。

「みっともねぇな…」

その一言に尽きる。

大杉が自分に投げかけた言葉の一つ一つが深く刺さって、抜けない棘となっていた。

自分のしでかしたことに気づかないほど、バカだったらよかった。そうしたら厚顔無恥《こうがんむち》にもあいつを追えただろう。

年月が過ぎ、多少の分別がつくようになったから、動けない。

何でも自信をもって、意気揚々とやっていた。その自由さが、一番傷つけてはいけない者を傷つけていたという事実が辛い。

失敗したのは一度じゃない。

何度も、何度もだった。

自分の都合であいつを振り回し、逃げさせ、泣かせ、真剣な恋など嫌だと言わせた。

無理だったんだろうか？

不真面目な俺と、真面目なあいつの恋愛なんて。

四日目も、家でごろごろと落ちていると、磯野から電話が入った。

電話なんて出たくなかったのに、習慣でつい鳴れば手が伸びてしまう。

『そんなに体調悪いなら、車回してやるから病院行くか？』

心配そうな言葉をかけてくれる友人に、俺は嘘がつけなかった。

「いや…、午後から出る。失恋しただけだから」

磯野だけは、俺が恋をしていたと知っているからそう告げた。

俺よりも年上の磯野は、電話口の向こうで『そうか』とだけ言った。

ヘタな慰めを貰うより、わかったという一言だけがありがたかった。

熱いシャワーを浴びて、新しいシャツに袖を通し、昼を回ってから出社すると、俺の都合など関係なく回っている世界があった。

「社長、円高でプランの経費が浮いた分どうします？」

「生花店から、オレンジのバラの本数が集まらないって連絡あったんですけど」

「会計士の方から一度伺いたいって電話あったんですけど、何時来てもらいます？」

自分でも、空っぽの頭でちゃんと仕事に対応していることに驚いた。

溜まっていた三日分の決裁を終え社長室に籠もると、暫くして磯野が入ってきた。

「コーヒー、どう？」

これもまた優しい慰めだとわかるから、苦笑してデスクからテーブル席に移る。

「洋子が心配してたから、風邪で腹下したらしいって言っといたよ」

「そうか」

「幸せを祈るんだろ？　いっそ踏ん切り付けるためにここで派手に結婚式でもやってやったら？」

相手が男性だとは言っていないので、磯野はそう言った。

「相手はいなかったんだ」

「え？」

「恋人じゃなかった。嘘だったのさ」

「誤解だったのか？　でもそれなら…」

「誤解じゃない。…上手く説明できないが、俺が本気になるのを牽制《けんせい》するために、嘘をついてたらしい」

「でも相手はまだ独身なんだろう？　だったらチャンスが出来たってことじゃないか」

「昔酷い扱いをしたって言ったろ？　それで傷ついてたってはっきり言われたよ。だからまた同じことを繰り返したくないって。だから俺は嫌だとさ」

磯野の淹れたコーヒーは薄かった。

だが苦味ばかりが舌に残る気がした。

「峰岸はまた同じことをするつもりだったのか？」

「まさか。今度は大切にするつもりだった。…ずっと忘れられない相手だったし、自分が悪い男だったって反省したから」

「だったら、昔と同じじゃないって言い返せばよかったのに」

「聞いてもらえなかったよ」

「聞いてくれるまで頭を下げればいいんだ。もう二度とあんなことはしませんって。欲しいなら全力を傾けろよ。峰岸の良さはバイタリティと自信だろう？　正直、そんな姿はガッカリだ」

「磯野…」

出会った時から、磯野は穏やかな男だった。

洋子の気の強さが目立ったせいかも知れないが、あまりはっきりとものを言う方ではなく、いつも相手の出方を見てから自分の行動を決めるタイプの人間だった。

その磯野がこんなに強い物言いをするなんて、ちょっと驚きだ。

「頭と身体を使って、欲しいものは必ず手に入れるのが峰岸だろう？　諦めきれずに落ち込むぐらいなら、相手が根負けするまで食い下がったらどうだ？　それとも、プライドが許さないか？」

「そういうわけじゃない…」

「だったら、やれることは全部やって、やりたいことも全部やらないと。後悔が残るとこれからもずっと引きずるぞ」

やりたいこと、か。

「告白はした」

ずっと好きだったとは言った。愛しているとも言った。それでもダメだったのだ。他に何ができるというんだ。

「それで？」

「聞き流された。信じてもらえなかったようだ」

「じゃあ信じてもらってこい。お前の言葉をちゃんと受け入れて、それでも付き合えないと言われたら仕方がないが、伝わってないなら伝えてこい」

「磯野…」

「その時は、一晩中付き合うよ」

伝わってないだけ、か…。

そうかも知れない。

俺は言うだけは言ったが、彼はそれを聞き流していた。俺の言葉を信じていないようだった。

では、俺の言葉を信じてくれたら？

もうあんなふうに振り回したりしない。他のヤツには目移りしないと言ったら、大杉の態度は変わるだろうか？

「女っていうのは、逃げ出してもその先で待ってることがあるからな。そういう時に追いかけないと後が怖い」

「それは実体験か？」

洋子なら、そういう駆け引きもするだろう。だが大杉がそういうことを考えるとは思わない。

最後に出て行った時も、ゆっくりとは出て行ったがはっきりと『さよなら』と口にしていた…。

「…違う」

「うん？　どうした？」

また勝手な解釈かも知れない。自分に都合のいい記憶かも知れない。

「峰岸？」

あの時、大杉は嗤っていた。怒っていた。俺を蔑んでいた。

では何故、鼻をすすっていたんだ？　大杉が出て行く前に、確かに俺は聞いた。あれは、泣いていたからか？　だとしたら何故泣く？

「俺の気持ちを信じさせたら、何かが変わると思うか？」

「男の俺だって、峰岸の強さに惹かれたからここまで付いてきたんだ。自信を持てよ。お前に元気がないと…」

「はい、どうぞ」

磯野が喋っていると、ノックの音が響いた。

俺に代わって磯野が返事をすると、有田が一枚の紙を持って入ってきた。

「何だ？」

「はあ、城島さんの書類が出てきたんで、どうするか聞こうと思って」

「城島の書類？」

「クマのプレゼントの抽選申し込み書です」

有田はそう言いながら持っていた紙を差し出した。

「何だかあのカップルに興味があったみたいだから、一応報告に」

受け取った紙には城島の住所と電話番号が書いてあった。

これは…チャンスか？

それとも引導《いんどう》か？

「よく覚えててくれた。ありがとう」

「当選者、この人達にしますか？」

「ああ、そうしてやれ。…いや、もう包んであるか？　俺が直接持って行く」

「今からですか？」

「すぐに用意しろ」

「…わかりました」

困惑したまま、有田は出て行った。

俺は磯野を振り向くと、やっと少し笑えた。

「成功者の意見、参考にさせてもらうよ。もう一度だけ話してみる。ここまで惚れ続けたんだ、最後に壊れるなら粉々に壊してくるよ」

「それでこそ峰岸だ。ちなみに、俺は経験者じゃないよ」

「体験談じゃないのか？」

磯野はからかうように肩を竦めた。

「逆さ。美人でモテる洋子に告白されて信じられなかった。からかわないでくれと逃げ回ってたんだが…」

「押し切られたか。彼女ならやりそうだ」

「だから女の子の気持ちはわかるよ。峰岸みたいにモテる男が自分に一筋になってくれるわけがない。きっとからかわれてるんだって、思ってしまう気持ちならね」

「で？　何で信じたんだ？」

「泣かれたから。あいつが目の前で真っすぐ俺を見たまんまボロボロと」

「…それは参考にならんな」

「洋子には秘密だぞ」

「ああ」

もう一度だけ。

「峰岸、泣いても笑っても、恥をかいても、人生は一度だぞ」

どうしても彼が欲しかったから、俺はもう一度だけ賭けてみた。

あの時一粒でも涙を流してくれていたのなら、一縷《いちる》の望みがあるかも知れないと…。


城島はサラリーマンのようだったから、訪れるのは夕方まで待つことにした。

彼に用はないが、大杉のシフトを知らない以上、ターゲットを城島に絞るしかなかったのだ。城島がいれば、大杉の帰宅時間を教えてもらえるだろうと。

アンケートに書かれていた住所へ向かうと、そこは瀟洒《しょうしゃ》なマンションだった。

部屋番号を確かめてチャイムを鳴らす。

「はい」

という声と共に出てきたのは、やはり城島だった。

「今晩は」

「峰岸さん」

俺とわかると、城島は何故か困った顔をした。

「夜分遅くすみません」

まだ八時だが、遅く訪ねたことを咎《とが》められたのかと思ったがそうではなかった。

「幸成ならもういませんよ」

「え…？」

「連絡、取れてませんか？　もう引っ越しました」

「…引っ越した？　どうしてです？」

「俺が結婚することになったので、先週末に」

先週末といえば、俺が呼び出した頃だ。『今忙しい』と言っていたのは、引っ越しの準備だったのか。

アンケートに彼女の住所ではなく城島の住所が書いてあったのもこれで頷ける。あれにはいつ発送するか書いてなかったから、同居する予定の城島の家を記したのだ。

「いえ、今日は城島さんに。フェアの時のクマが当たったのでお届けに上がったんです」

「ああ、あれですか。ひょっとして身内びいきかな？」

「いえ、担当は別ですから、偶然です。どうぞ」

俺は持って来たラッピングされたぬいぐるみを差し出した。男である彼が喜ぶとは思わなかったが、彼女は大喜びだろう。

「でも大杉も酷いな。引っ越すとは聞いてたけど、もう終わらせたなんて。手伝うって言ってたんですよ」

もちろんそんなのは嘘だ。何も聞いていなかった。

「ケンカしたって言ってたから、言い出しにくかったんでしょう」

そういうことになっているのか。

「少し意見の食い違いがあって。いい年してお恥ずかしい」

「じゃあ、峰岸さんは怒ってないんですね？」

「もちろんです。大杉が怒ってるなら、謝らないと」

「ああ、じゃあ今住所取ってきます。ちょっと待っててください」

城島は一旦奥へ入ると、すぐに戻ってきた。

「これです」

携帯電話を取り出し、見せられた住所を打ち込む。

運命は俺に優しい。大丈夫だ、俺はまだあいつを追える。

「幸成に会ったら、いつでも遊びに来ていいと言っておいてください。気を遣って随分早く出て行ったので気にしてるんです。こっちからじゃ電話もできないし」

「電話ができない？」

「あなたは幸成と電話したことがあるんですか？」

俺が問い返すと、彼は酷く驚いた顔をした。

「…ええ。こちらからかけたのは一度ですが」

それは城島に自分達の関係を知られたくないという嘘が理由だった。

「それは…。やっぱりお友達なんですね」

「でも、いつもは彼からばかりでした。電話は嫌いだと…」

「ええ。そうです。トラウマがあるみたいで」

「トラウマ？」

「詳しくは俺も知らないんですけど、多分両親の事故の知らせが電話だったからじゃないかな。以前、聞きたいことは聞こえないのに、聞きたくないことだけ喋るって言ってたから。自分でかけるのも嫌いなんですよ」

少なかった電話。

それは俺に対してだけというわけではなかったのか。

「今夜はいますかね？」

「幸成？　いるんじゃないかな。今週は早番のはずですから」

「じゃあ行ってみます」

電話が苦手というなら、この男が大杉に俺が行くことを連絡することはないだろう。

挨拶して彼と別れ、カーナビに住所を打ち込む。

大杉の新しい住まいは、ここからそう遠くはないところだった。従兄弟と離れたくなかったか、仕事場の関係だろう。

エンジンをかけ、アクセルを踏む。

覚悟を決めても、二度逃げられた相手に会いに行くのは気が引けた。

だがいつまでも傷つくことを恐れていては欲しいものも手に入らない。

「磯野夫婦に倣って、俺も泣いてみるか…?」

そういえば、大杉の泣いた顔は見たことがなかったな。だから俺の嘘で傷ついてることにも気づかなかったのだ。

彼はいつも儚く微笑っていた。

涙はあの儚さの下に、あったのかも知れない。

それだけに、最後に彼が鼻をすすった理由を訊きたくなった。

泣きたくなるほど怒っていたのか、泣きたくなるくらいまだ心が残っていたのか。

「とにかく、答えは会ってからだ」

きっと、これが最後。

逃げられても、捕まえても、長い俺の恋はこれで決着がつく。後悔も執着も、この車の行き着く先で待っている。

泣いても笑っても、恥をかいても人生は一度。いいこと言うよ、磯野。

過ぎたことにやり直しはきかなくても、トライすることは何度でもできる。俺があいつにその価値があると思うなら。

みっともなくても、何もしなくても時間が過ぎるなら、今度は何かをしてみよう。

『でも…』

耳の底にこびりついた彼の声、縋《すが》るようなあいつからのサインを、今度は流してしまわないで済むように…。


城島の瀟洒なマンションと比べると、そこは昔大杉が住んでいたアパートに似ていた。

ただし、向こうは木造モルタル建てだが、こっちは一応鉄筋が入っていて、隣の声が筒抜けってことはなさそうだ。

部屋の番号は一階の一番端。

キッチンの窓には中からの明かりが漏れている。

郵便受けにはまだ名前も書いてなかった。

ドアの横には使い古されたチャイムのボタン。

深呼吸してからそれを押すと、微かにドアの内側からベタな『ピンポーン』という音が聞こえた。

「はい、どなた？」

大杉の声。

だがドアはすぐには開かなかった。

無言でいるわけにも行かず、俺はドアに近づくと彼を呼んだ。

「大杉。俺だ」

返事はない。

「峰岸だ」

それでも何も応答がないので、俺は拳でドアを叩き、もう一度繰り返した。今度は響くような大声だ。

「大杉！」

「…止めて、声が大きい」

「だったらここを開けてくれ。開けてくれなきゃ開けるまでお前の名前を呼び続けるぞ」

「酔っ払ってるのか？」

「素面《しらふ》だ。車も運転してきた」

ドア一枚挟んでの攻防。

くぐもってる声は感情が読みにくい。

「迷惑だ」

「わかってる。だがやると言ったらやる。本気だ」

我ながら子供じみた言い草だ。

「顔を見せろ」

「…俺にはもう峰岸と会う理由がない」

「俺にはある。お前を愛してるから」

「…もう止めろ！」

「いいや、止めない。本気なんだ」

「どうして今更…？　この間もう決着はついただろう」

「ついてない。あんなもの、お前が一方的に言っただけだ。俺の言いたいことはまだある。開けてくれなきゃここで言うぞ。初めてお前を抱いた時から…」

「峰岸！」

バン、とドアが開いて真っ正面から俺の顔に直撃した。

「…ッ…」

「峰岸！　大丈夫？　ごめん」

怒鳴り声で扉を開けたのに、痛みでしゃがみ込んだ俺を心配そうに覗き込む。

目の前に裸足の足があった。

迷いなく俺はその足に手を伸ばし、掴んだ。

「峰岸」

引いた足に引っ張られて、中に転がり込む。足首を掴まれた彼は、尻餅をつくように玄関の床へ座り込んだ。

「放せ！」

「いやだ」

這いつくばって中に入り、後ろ手にドアを閉じてカギをかける。

「お前が俺に愛想が尽きたならそれでもいい。だが俺はまだ自分の言いたいことを言ってない。フるならせめてそれからにしてくれ」

近づくと、そのまま逃げる。

押し倒すつもりがあったわけではないので、適当な距離で動きを止める。

「…何が言いたいの」

「ずっとお前が好きだった。学生時代からずっとだ」

「よく言う。さんざん女と寝て…」

「ああ、寝た。お前と付き合ってる時にも、遊び歩いてた」

大杉の目が、怯えたように揺れる。いや、怯えてるんじゃない。あれは悲しんでる目だ。

「ガキみたいに、お前を苛めて喜んでた。俺のことで一喜一憂してくれるお前を見るのが好きだった。俺のために耐えてる顔が好きだった」

ホテルでは、あまりに身勝手すぎて言えなかった事実。

「お前が最後の電話をしてきた時、俺は今の会社を立ち上げる話をしていた。決まったら、お前に言おうと思ってた。会社を辞めて、俺のところへ来いと言うつもりだった。一緒に暮らそうと言うつもりだった」

「…過ぎたことはいくらでも言えるよ」

「今も、俺のマンションにはお前のための部屋がある。お前の両親が借金を残して亡くなったと知って、俺はお前が金の迷惑をかけないように姿を消したんだと思った。だから、大杉が助けを求めてきたら一緒に暮らせるように、どこへ引っ越してもお前の部屋を用意していた」

「誰か別の人が暮らしてた部屋じゃないの」

全部言う。

信じてもらえなくても、いい。

伝えたくて、言い訳したくて、謝罪したかったことがずっとあった。でもそれを俺はごまかし続けてきた。

これが最後なら、もう何だって言ってやる。

「優しくしてやれなかったことを後悔してた。イジメっ子が好きな子をイジメるしかできないみたいに、お前の愛情を苦しみに耐える姿で確認した。いなくなって初めて、それを反省した」

遊びなれた若き社長でも何でもない。

俺は今、ただお前に惚れて、大杉の気を引きたいだけの男だ。

「だから再会して、お前が城島が恋人だと言った時、ショックだった。だがあいつといると幸せだと言ったから、あいつとなら幸せだと言ったから、何も言えなかった」

「遊ぼうと誘ったクセに」

「仕方ないだろう。それしか理由を思いつかなかったんだから」

最初から酷い男で、最後まで酷い男だという自覚はある。

でもこれが自分なのだから仕方がない。

「どうしてもお前を抱きたかった。他人のものでもいい、遊ばれてもいい。もう一度大杉を手に入れたかったんだ」

「…都合のいいだけの相手でしょう」

「他人のもののどこが都合がいいんだ。面倒なだけだ。他のヤツだったら。お前がいなくなってから、女はもちろん男も何度か抱いた」

また、だ。

また大杉の目が震える。

表情は無表情のままだが、目だけが正直に気持ちを映している。

「だがお前ほどのめり込んだヤツは一人もいなかった。俺は来年三十だ。それでも未だに独り身なんだぞ」

「…俺だってそうだよ。同じ年だもの。もう…、可愛くも何でもないオッサンだ」

「気にしてるのか？」

「…別に」

「安心しろ、お前は可愛い」

「それこそお世辞だ」

「今更お前に世辞を言って何になる。その気になるから勃起もしたし、抱いたんだろう」

「…峰岸」

頬が薄く染まる。

あれは昔の顔だ。恥ずかしいから止めてくれ、という顔だ。

「金も持ってる、マンションだって買った。それでも決まった相手は作れなかった。お前以上に欲しいと思うヤツがいないからだ。身勝手なのは重々承知してる。俺みたいな男にはもう辟易《へきえき》してるかもしれない。だが俺はお前が欲しい。大杉だけを、ずっと愛してる。二度とイジメっ子みたいなことはしない。今度はお前一人にする。だから…」

床に座ったまま、俺は頭を下げた。

「だから俺を選んでくれ」

洋子のように泣くことはやっぱりできなかった。

だからこれが俺の『らしからぬことをしてしまうくらい本気だ』という愛情の示し方だった。

「あの夜、電話を切って悪かった。追いかけないで悪かった」

「…峰岸」

「遊ぼうなんて誘い方をして悪かった」

「峰岸、もういい…」

正直な気持ちを映していた顔を、彼が手で覆ってしまう。

「ホテルで追いかけないで悪かった。あの時正直な気持ちを言わないで悪かった」

「…もういいから！」

「でも愛してるんだ」

「…もう」

だが顔を手で覆っても、声が泣いていることを伝えてしまう。

か細く震えて、鼻をすする音が交じる。

「ホテルから出て行く時、泣いていたか？　俺はフラれたショックで気が付かなかった。もしそうだったら、それもスマン」

手を伸ばし、素足に触れる。

ピクッと震えはしたが蹴られはしなかった。

その足を取って引っ張る。

「答えをくれ、大杉。俺は言いたいことを全部言った」

もう風呂に入ったのか、その足は柔らかかった。

靴を履かせるみたいに持ち上げて、骨と筋と血管の浮いた甲にキスする。

「大杉。何も言わないと、俺は都合のいい方へ解釈するぞ」

ズボンの裾から手を差し込み、ふくら脛《はぎ》を掴む。

「峰岸なんて…」

近づいても、彼は逃げなかった。

「遊び歩いて、約束は破るし…」

「その通りだ。だがもうこれからはしない」

「口ばっかり上手くて嘘ばっかりで…」

「もうお前には嘘をつかないと約束する」

顔を覆う手を取ってゆっくりと開く。

抵抗なく外された手の下は、思った通り泣いていた。

「もう…、遅い…」

「遅くない。もし遅かったとしても、もう一度初めからやり直せばいい」

「やり直したって、また失う…。もう嫌なんだ、本当に嫌なんだ。来るか来ないかわからない峰岸を待つのが。助けを求めて拒まれるのが…」

「うん、それから?」

「他の人からお前の話を聞かされるのも、誰でもいいように扱われるのも…」

この間の、怒りと蔑みの言葉とは違う。

同じことを言っているのに、今の大杉の言葉は、幼い子供の懇願のようでもあり、助けを求めている呟きのようにも聞こえた。

「もっと言っていいぞ。俺の悪いところを全部言ってくれ。そうしたらそれを全部直す」

「…一番側にいて欲しい時に…側にいてくれない」

「次があったら困るが、今度何かあったら『助けて』って言えばいい。そうしたらどこにいても飛んで行く」

手を放し、膝立ちして、大杉の頭を抱え込む。

彼の頭が胸に埋まると、涙がシャツを濡らすからその辺りにじんわりと熱が広がった。その熱が愛しかった。

あの強い態度が全部芝居だったとは思わない。ああいう部分もあったのだろう。あんなふうに彼に叫ばせたのは俺なのだ。

「峰岸を繋ぎ留める自信がない…」

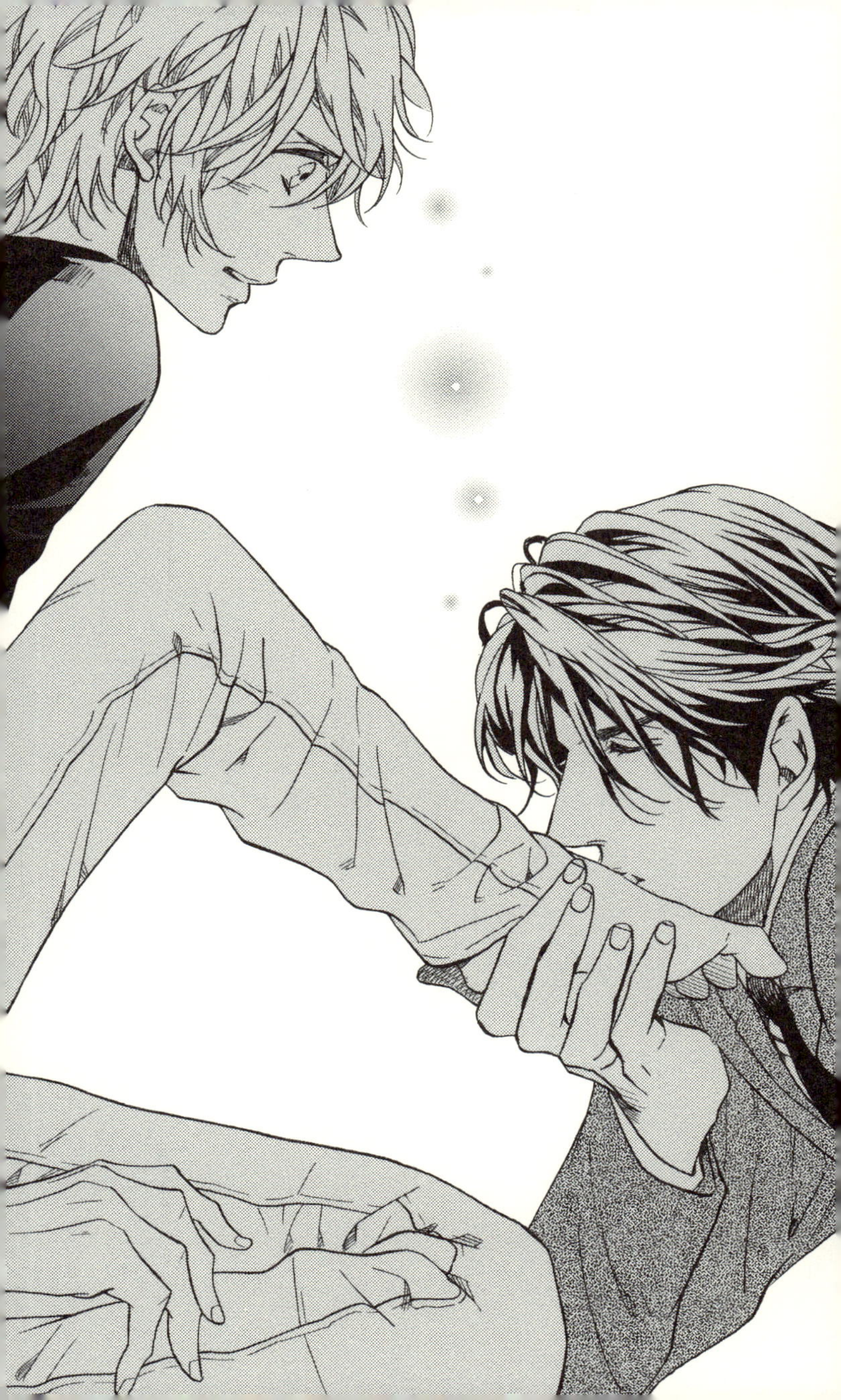

「それは大丈夫だ。俺がこんなにみっともない真似を晒すほど、お前を好きだから」

顎を取って上を向かせ、目を合わせる。

泣いたことが恥ずかしいのか、大杉は目を逸らした。

それをまた強引に引き戻して視線を合わせる。

「遊びの相手とはキスしないんだったな？」

腰を落として目線を合わせ、顔を寄せる。

「俺は本気だから、キスしたい。もう一度俺をキスしてもいい相手にしてくれるか？」

大杉は何も言わなかった。

ただ泣きそうな顔で、微笑んで目を閉じた。

昔より長くなった髪に指を差し入れ、抱き寄せて唇を合わせる。

キスなんてとっくにしてたし、今だってあんなこともこんなこともした後だというのに、妙にドキドキした。

「幸せにするとは言わない。俺はどうしょうもない男だから、直してもまたダメなところが出てくるかも知れない。だから、今度の恋を長く続ける努力をすると約束する」

大杉の手が、初めて俺の背中に回された。

「…俺だけじゃなくて、峰岸も努力するの？」

「俺のが倍ぐらいしないとな」

「…うん」

「『うん』か。…まあそうだな。頑張るよ」

「好き」

たった二文字のその言葉が、涙腺を緩めそうで慌てた。

「俺も…、ずっと峰岸が忘れられなかった…」

だから、慌てて彼を押し倒した。

みっともない姿を晒してもいいと思ったクセに、流石に泣き顔は見せられないと思って…。


引っ越しの荷物がまだ半分も解かれていない部屋には、ダンボールのタワーがあった。

布団はその間に敷かれていて、まるで何かの巣のようだった。

両想いになったんだから我慢できないと、そこへ彼を連れ込むと、大杉は小さな声で「皺になる…」と言った。

「それ、昔も言ったな。俺のシャツのことだろう？　車で来てるから皺になろうが破れようが関係ないから安心しろ」

変わらない。

表面上はどんなに変化しても、彼という人間の本質は変わっていない。

遊びだと言い訳して抱いた時には、大杉が逃げないように、もう一度俺と寝たいと思ってくれるようにと彼を喜ばせることに専念した。

だが今日はそんな余裕もなかった。

許されたキスを何度もして、唇が離れる度に彼が勢いよく息を吐く。キスしてる間に呼吸ができないみたいに。

苦しそうだとわかっていても、柔らかな唇の感触から離れ難くて、もう一度、もう一度と繰り返す。

合わせるだけの唇が、やがて求め合い、舌に代わる。

キスするだけで戸惑っていた大杉もいいが、精一杯応えようとする姿もいい。

「お前の肌触り、好きなんだ」

彼が着ていたTシャツの中に手を入れ、胸を探る。

「ん」

それだけで声が上がる。

「本当のことを言ってくれ。俺以外は知らないんだろう?」

と訊くと、耳まで赤く染まった。

「他に好きな人なんか出来なかった。…あんまりにも峰岸が酷い男だったから、次の恋が怖かったんだ…」

「そりゃいい、俺の最低ぶりも多少は役に立ったな」

服から出ない場所を選んで、胸にも腹にもキスの痕を残す。

小さな赤い花びらのように散ってゆく俺の足跡を見るだけでも満足した。

大学の頃とは違う。

時折チクリと痛む肌が、何をされているかわかっているだろう。なのに『痕を残さないで』と言われないから。

彼に俺の印を付けることを許されているのだ。

幾つか痕を残してから、俺は一旦身体を離した。

「…何?」

見下ろすと、不安げに彼が俺を見る。

「いや、大杉だなと思って」

ホテルで抱いた時は、まじまじと見ることができなかった。愛情を顔に出すことができなかったから。

見つめていれば愛しさが募る。

「俺のものだと言っていいんだと思うと嬉しくてな」

「…口が上手い」

「そんなことない。ずっと上手く言えなかった。どれだけお前が好きか」

「…もういい」

「何で」

「…恥ずかしいよ」

「だって言われたかっただろう？　昔もよく言ってやったじゃないか」

たっぷりその姿態を目に焼き付けてから再び身体を重ねる。

「お前が一番だって」

「あの頃は…、言葉に縋りたかったから…。他の人がいるってわかってたから…」

それを言われると辛い。

「でも今は本気だって言われて、何か恥ずかしい…」

今度は痕を付けないように、胸にキスして小さな突起を含む。

「あ…」

舌先で細かく嬲ると、身悶えて逃れる。嫌がってるわけではないとわかるから、それをまた舌で追う。

ズボンのボタンを外し、ファスナーを下ろすと、もう硬くなったモノが下着を膨らませていた。

それを引き出そうとすると、手が止めた。

「待って…」

「嫌か？」

「嫌って言ったら待ってくれるの？」

「お前、言うようになったな。待つぜ、嫌われたくない。応えてもらっていい気になって、またテングになるんじゃ大バカだ」

仕方なく手を離し、身体を起こす。

「…嫌じゃないよ。でも待って欲しい」

そう言うと大杉も起き上がり、その手が俺のズボンにかかった。

「大杉？」

「二人でって言っただろう？　ずっとされるばっかりだったから…」

「してくれるのか？」

「上手くないと思うけど」

「練習してない証しでいい」

さっき俺が彼を眺めたように、彼の視線が俺の股間に向けられる。

だが観賞してるわけではなく、戸惑っているようだった。今まで一度も彼の方からされたことはない。

先に好きと言ったのは大杉だが、性的知識は俺のがあり、俺はいつまでも彼をウブなままに置いておきたかった。だから彼に奉仕させることはなかったのだ。

意を決したように俺のモノを口に運ぶ。

「歯を当てるなよ」

舌はたどたどしく、一番舐めて欲しいところから少しズレてるとこが、焦れったく煽られる。

何も知らないままで取っておきたい。俺しか知らないままにしておきたい。

でも困った顔や不安げな顔をされたい。

そんな俺の悪い望みを塗り替えるように、俺は彼にさせたいようにさせた。

「ん…」

変わったとか変わってないとか、もうどうでもいい。

どれも俺の欲しい恋人の姿だ。

「…ふ…っ」

「苦しいか?」

「んん…っ」

「苦しかったらいいぞ」

「ん…」

前屈みになった大杉の身体の下に手を入れ、胸を弄る。

感じているのか、舌の動きはだんだんと早くなり、呼吸が浅くなる。

疼きがそこに集中するまでさせていたが、出す前に肩を掴んで離させた。

「まだ…」

「いい。顔が見たい。お前の顔が好きなんだ」

「…昔と違うよ」

「だから？」

「こんな顔でいいならいいけど…」

「いい」

濡れた唇に、またキスする。

もう臨戦態勢だから、少し急いで彼の下を解す。

「あ…」

指で解し、準備させる。

言う前に、彼はおずおずと脚を開いた。

その真ん中に座り、執拗に指を抜き差しする。

「や…」

上気した頬。

潤んだ瞳。

少し緩んだ色っぽい口元。

見たかった彼の顔。

「挿入れるから、辛かったら遠慮せず、俺にしがみつけよ」

肌触りを確かめながら、全身を撫でる。

もう、何をしてもいいのだとわかっていても、乱暴にはできなかった。

乱暴にはできないけれど、我慢もできなかった。

指で中をこねる。

抜いて、またゆっくりと入れ、また抜く。

「は…ぁ…」

喘ぐ大杉が恥ずかしそうに腕で顔を隠すけれど、悶えているうちにすぐに外れてしまう。

胸が呼吸に合わせて上下し、指を咥えた場所と同じく、時々動きを止める。

もう十分だと思ったところで、指を抜き、脚を抱えた。

「前からいいな?」

痛みが強いとわかっていても、今度こそ最後までお前の顔が見たい。

「うん…。俺も…峰岸の顔が見たい…」

大杉は両手を広げて俺を迎えてくれた。

「可愛いことを」

身を寄せると、その腕がしっかりと俺に抱き付く
熱い指。

滑り落ちないように込められる力。

「峰岸…」

自分の熱を呑み込み、大杉が蕩けてゆく。

「あ…、ぁ…、みね…っ」

少しずつ、味わうように筋肉が巻き付いて引き込む。

内側は吐息よりも熱く俺を包む。

「峰岸…っ」

ホテルで抱いた時には、呼んで貰えなかった名前を、何度も呼ばれた。

「峰岸…っ」

いつも、シャツしか掴まず、俺に痛みを与えないように遠慮していた彼の指が、俺の背中を掻いて痛みを与えた。

その痛みに、やっと許された気がした。

求められていると実感した。

「大杉」

過去は消せない。

お前を傷つけた自分を、今も後悔している。

だがこれからは、未来ならば変えることが出来る。どれだけお前が必要かわかった今なら、お前を傷つけずに愛してやれる。

「もう離さないからな…」

誓うその言葉に、艶っぽい微笑みで応えられたことが嬉しかった。

「ん…」

今この時だけの関係ではなく、自分のものになった恋人を抱いている証しを与えられたようで。

やっと大杉を取り戻せたと実感できて…。


電話は本当に嫌いなんだと、大杉は言った。

鳴らない電話を待つのが辛かったから。

最後に縋った言葉を遮られたから。

両親の訃報《ふほう》を運んできたから。

「電話、すぐに解約して暫く持っていなかったんだ。不便だから持てって城島さんに言われて去年やっと買ったんだよ」

「俺と逆だな。俺は、いつかお前から連絡があるかと思って、鳴る度にすぐ出てた。番号も変えず、どこへでも持ち歩いたよ」

俺の携帯の番号を忘れたと言ったけれど、今もとってある当時の携帯に残っているらしい。もう電池が切れてしまってるから使えないだろうが。

携帯電話の番号なんて、わざわざメモって取っておくヤツも少ない。俺だって自分の番号なんか覚えちゃいないのだから、その状況を『忘れた』と言うのは仕方がない。

「城島のこと、何で最初に会った時に恋人だなんて言ったんだ？」

と訊くと、申し訳なさそうに、俺が結婚してると思ってたからだと答えた。

「俺は未だに忘れられないで苦しんでるのに、峰岸は俺のことなんか忘れて幸福な家庭を手に入れてるんだと思うと憎かった」

「憎い？」

「…可愛さ余ってってやつだね。自分だけが置いていかれた、自分から離れたのに、捨てられたんだって惨めな気持ちになりかけて…。峰岸に、自分だって峰岸のことなんか気にしてないって示してやるって、つい…」

「実は年上の従兄弟に憧れてたとか？」

嫉妬に気づかれ、彼は微笑った。

「ないよ。でもとてもいい人だから、幸せになって欲しい。奥さんになる人も可愛い女性なんだ」

「見た。ありゃあ、尻に敷かれるな」

「かもね」

こんなふうに、大杉と穏やかに語れる日を待っていた。

「そのこともだが、お前は芝居が上手かったな。色々すっかり騙された」

俺が言うと、大杉は照れたように目を瞬《またた》かせた。

「精一杯だったから、気を張ってたんだよ…」

「本音もあったんだろ?」

「…少しは。でも、強く突っぱねないと、またずるずると玩具《おもちゃ》でもいいって思っちゃうような気がして…」

「俺はお前を玩具にしたことなんかないぞ」

「反応を楽しんでたなら玩具だろ? 二番目でも、三番目でもいいって思い始めたら、きっとまた長く苦しい時間が続くってわかってたから、絶対に好きになるもんかって…、峰岸の悪いとこばかり探してた。そしたら本当にちょっと憎くなったかな」

「お前に怒鳴られるとおっかねぇって忘れないようにしないとな。ほら、着いたぞ」

俺はハンドルを切って駐車場に車を入れた。

「すごい、立派なマンション」

窓から建物を見上げた大杉は素直に感嘆の声を上げた。

追いかけて、やっと大杉を捕まえたあの夜から一週間。

今日まで俺はずっと大杉を口説いていた。

恋愛ではない。それは何とか信じてもらえたからこそ、元の鞘に戻れたのだ。

口説いていたのは、まず同居だった。

もしも大杉が路頭に迷うようなことがあったら迎えてやろうと思って用意した部屋。別に大杉は路頭には迷ってなかったが、一人暮らしならば俺のところへ呼ぶのに不都合はないだろう。

側にいたいから来い。

ストレートに誘ったが、彼は引っ越したばかりだからというのを理由になかなか首を縦に振ってくれなかった。

それならばと、実際に部屋を見せてやろうとなったわけだ。

俺がお前を待ってた時間が嘘ではないという証拠にもなるから、と。

車を降り、エレベーターに乗って上へ向かう。

彼言うところの『気を張った芝居』から『素の自分』に戻った大杉は、何もかもが珍しいのか小鳥みたいに首を動かして周囲を見ていた。

「すごいね」

を繰り返して。

それは部屋の中に入っても同じだった。

多少自慢できる部屋と自負していたが、子供のように驚きの声を上げる大杉に、やっぱりこいつがいいと思ってしまう。

「峰岸、すごいよ」

羨みではなく称賛の言葉をくれる彼が。

「もういいから、こっち来い。これがお前の部屋だ」

買ってから、誰も使わないカラッポの部屋。

運び入れた時のまま何度か俺が座っただけのベッドと、俺も座ったことのないデスク。それだけしかない部屋。

「俺の場所…」

「お前が来たら買ってやればいいと思ってたから、何にもないがな」

空っぽ過ぎて、気に入らなかっただろうか？　もっと家具とか揃えてから呼び入れるべきだったか？

「…本当に用意してくれてたんだね」

大杉はデスクに近づきその上をすっと撫でた。

「掃除しないと、埃《ほこり》が溜まってる」

「…使ってないからな。掃除ぐらいすぐすればいいだけだ。だからここへ…」

「俺がするよ」

彼は振り向いて微笑った。

以前の、自分の身の置き所がないというような、少し引っ込んだところで、困ったように微笑ん

でいる笑みじゃなく、嬉しそうな明るい顔で。

「俺の場所なんだろう？　俺にさせて」

「…ついでにメシも作ってるくれるとありがたい」

「ショウガ焼きでいい？」

「好物だ」

その微笑みで答えはわかったけれど、俺は彼を抱き寄せてその言葉を口にした。

「大杉、一緒に住んでくれ」

あの時言いそびれてしまった言葉を。

お前を喜ばせるために用意していたセリフを。

「喜んで…」

もう一度キスしながら。

あとがき

皆様、初めまして、もしくはお久し振りでございます。火崎勇《ひざきゆう》です。

この度は『もう一度キスから』をお手にとっていただき、ありがとうございます。

イラストの北沢《きたざわ》きょう様、すてきなイラストありがとうございます。担当のT様、色々お世話になりました。


さてこのお話、身勝手な男がフラレる（?）ところから始まります。あ、ネタバレしますので、まだ本文をお読みでない方は後回しにどうぞ。

峰岸《みねぎし》は本当は大杉《おおすぎ》一筋なのです。最初の頃は自覚してないけど、ベタ惚れ。そして大杉は俺ナシじゃ生きてけないぜ、と自惚れていた。

だから大杉がいなくなってから、メチャメチャ落ち込み、いつまでも忘れられなかったのです。

でももう開き直って、俺はお前がいなけりゃダメなんだって言ってしまったので、これからは上手くやるでしょう。ひょっとしたら、主導権が大杉に移る、なんてこともあるかも知れません。

で、そんな甘いカップルとしてまとまった二人ですが、これからどうなるのでしょう?

同居はできると思います。でも、峰岸が大杉に会社に来て欲しいと申し出ても、大杉の方も今まで世話になった仕事があるわけですから、簡単にはいきません。

ひょっとしたら、彼が働いてる店には大杉狙いの男がいたりして。

ある日、大杉の働くところを見てみたくて峰岸が彼の店を訪ねると、そこには彼と親しそうにしている店員の男が。

しかも峰岸の前で大杉にベタベタしたり、自分の知らない話題で盛り上がったり。

相手は当然そっちの人なので、本能で峰岸がライバルと察知する。そして二人の大杉を巡るバトルが展開…、なんてこともあるかも。

峰岸狙いの男や女が出てきても、もう峰岸の心は決まってるし、彼はそういう相手をあしらうことが上手いのでトラブルにはならない気がするんですよね。大杉が不安になってもすぐ察して「俺はお前以外はどうでもいい」と宣言してしまいそうだし。

でも大杉はどこか抜けてるというかおっとりしているので、他の人に好かれてることに気づかないで、峰岸をやきもきさせそう。

峰岸の会社に入ったら入ったで、取引相手にコナかけられてしまうとか。

モテ男は峰岸の設定なのに、やっぱり峰岸の方が振り回される恋のような気がします。

それではそろそろ時間となりました。また会う日を楽しみに。それでは皆様御機嫌よう。

ルナノベルズ既刊案内

さよなら優しい男

火崎　勇　*illust* 木下けい子

ホテルのロビーで自分を見つめ、涙を零す美貌の男に、一瞬で心を奪われたヤクザの海江田。逃がしてはならない——本能の命じるまま、その男・篠原に声をかけた海江田は、素性は訊かないという条件付きながらも、彼と逢瀬の約束を取りつける。遊びの恋とは違う。生真面目で凛とした篠原に海江田は指一本触れず、少しずつ近づく時間を大切にしていた。だが、互いが敵対する立場にあると知った篠原から、もう会わないと告げられ海江田は彼を凌辱してしまい……。

ルナノベルズ既刊案内

甘い棘のいたみ

水原とほる *illust* あじみね朔生

高校教師の拓実には誰よりも大切で絶対に失くしたくない恋人・紘一郎がいる。けれど彼をひたむきに愛する一方で、拓実は体の奥に、紘一郎の優しいセックスでは満足できない被虐の獣を飼っていた。男に縛られ、鞭打たれ、乱暴に抱かれたい──。時折、そんな欲望の疼きに支配されてしまう。だが教師のスキャンダルを狙う三流週刊誌の記者・重成にその事実を知られ……。重成に脅され、凌辱された拓実は紘一郎を思いながらも、深い快感に溺れていき──!?

ルナノベルズをお買い上げいただき
ありがとうございます。
この作品に対するご意見、
ご感想をお待ちしております。

〒173-8558　東京都板橋区弥生町 77-3
株式会社ムービック　第 6 事業部
ルナノベルズ編集部

LUNA NOVELS

もう一度キスから

著者　火崎 勇 ©You Hizaki　2011
発行日　2011年10月6日　第1刷発行
発行者　松下一美
編集者　梅崎　光
発行所　株式会社ムービック
〒173-8558 東京都板橋区弥生町 77-3
TEL 03-3972-1992　　FAX 03-3972-1235
http://www.movic.co.jp/book/luna/

ISBN 978-4-89601-807-3 C0293
Printed in JAPAN